我是一朵孤獨的流雲

「美即是真，真即是美」，
十九世紀浪漫主義詩人濟慈精選集

濟慈 著　夏天 譯

一首〈希臘古甕頌〉，表達對「美」細膩獨特的感受；
一首〈詠和平〉，為大戰後「自由」的到來歡呼鼓舞；
一首〈埃爾金壁石〉，窺見古希臘石雕在異國中閃耀。

沒讀過濟慈的詩，就不算讀過英國詩！

目錄

一、頌

二、十四行詩

目錄

目錄

三、抒情詩

四、敘事詩

寧要充滿感受地生活，
而不要充滿思索地生活。

氣餒是絕望之母。
我從來不怕失敗，我寧可失敗，
也要進入最偉大的人的行列。

愛情中的甜漿可以抵消大量的苦液，
這就是對愛情至高的褒譽。

我真希望我們能夠變成蝴蝶，
哪怕只在夏季裡生存三天也就夠了，
我在這三天得到的快樂，
要比平常五十年還要多。

除了心靈情感的神聖和想像的真實性之外，
我對其他任何事情都沒有把握。

每個熹光初露的早晨，
他們醒時柔情至濃；
每個暮光四合的傍晚，
他們沉溺於蜜意痴情。

對於一個偉大的詩人來說，
美的感覺壓倒其他一切的考量，
或者說，
美的感覺消滅了其他一切的考量。

久困於都市的人
最渴望見到朗朗晴空，
天空開顏，禱告者暢快地呼吸，
蔚藍的蒼穹滿是笑顏。

只有把全人類的痛苦當成自己的痛苦，
並且為此日夜不安的人，＿＿＿＿＿
才有希望到達光輝的頂點。

一、頌

怠惰頌

1

三個影子來到我面前，

彎著脖子、牽著手、臉扭在一旁；

他們一個接一個，平靜走來，

足踏水晶鞋，身披典雅的長袍；

他們走過，像是大理石盒表面的浮雕，

石盒轉動他們就到另一面；

他們再次到來，石盒再轉一下，

一切又轉回來，最初的身影又出現；

他們令我覺得如此怪異，正像那時降臨的，

菲狄亞斯（Phidias）初見花瓶時的目光。

2

怎會這樣，影子！我還沒認出你們？

你們如何戴著面具悄悄前來？

這可是一個暗中設計的精心籌謀，

想要偷走，再把它丟開，

我那些閒散的時光？昏昏欲睡正是時機，

夏天慵懶的雲朵充滿喜悅，

迷困了我的雙眼，我的脈搏漸漸緩慢；

刺激也沒有痛感，快樂的花環上沒有鮮花；

哦，你們為什麼不消失，讓我獨自徹底感受無人干擾，

除了那 —— 虛無？

3

他們第三次經過，經過又回頭，

每個人都有片刻把臉轉向我，

然後消失，為了追隨他們，

我熱烈地渴望一雙翅膀，因為我認識他們三人：

第一位是個美麗女孩，她的名字叫愛情；

第二位是「雄心」，面頰蒼白，

疲憊的雙眼不停地審視觀察；

最後一位，我最愛，詆毀傍滿身，

這不受馴服的女孩，我卻越愛，

我認她做我的詩歌之靈。

4

他們消逝了，千真萬確！我想要翅膀：

哦，愚蠢！愛情？她在哪兒？

還有那可憐的雄心！

它從一個男人小小的、暫時發熱的心靈迸發。

還有什麼詩魂！ —— 不，她沒有快樂，

一、頌

至少對我而言，還不如午睡香甜，
或是傍晚閒散隨意的四處遊蕩。
哦，想要避開煩惱的一個時代，
但願我永遠不知道月亮圓缺，
永遠聽不見奔忙勞碌的聲音！

5

他們第三次來；—— 到底是怎麼了？
我的睡眠被繡上了昏暗的夢，
我的靈魂變成了一片草地，
長滿鮮花，影影綽綽，流光回轉：
黎明被雲遮滿，並沒有落雨，
可她的睫毛卻掛著五月甘甜的淚滴；
打開的窗外盤著葡萄的嫩枝，
就讓嫩芽的溫柔和鳥兒們的歌進來吧；
哦，影子啊！這就到了說再見的時間！
趁著你們的裙裾上還沒沾上我的眼淚。

6

再見吧，三個幽靈！
你們無法托起我那隱沒在花草間的頭顱；
我不想毫無節制地清享美譽，

或是變成愛情劇裡的寵物羊！

漸漸從我眼前消失吧，

再一次變作石盒表面的浮雕幻影。

再見！縱然黑夜裡還想見，

白天這幻影依然能若隱若現。

但是消失吧，幽靈們！

從我這閒散的心靈飛向雲端，永遠不要再回來！

西元 1819 年 3 月

賽姬頌

神啊！聽聽這些不成曲的音樂吧，

被甜蜜的執著和親切的回憶所譜，

很抱歉歌曲唱出了你的祕密，

卻傳入你那軟貝殼一般的耳朵：

我今天的確夢到，說不定是親眼看見

那長著翅膀的賽姬（Psyche）睜開了雙眼？

我在森林裡漫不經心地閒逛，

突然，我被驚得頭暈目眩，

看見兩個美麗的精靈比肩

在那深深的草叢中，沙沙絮語的樹葉下

還有鮮花輕輕覆蓋，以及溪流汩汩流淌，

無人窺探：

2

安寧、清涼的花朵，芬芳盛開，

藍色、銀白色和紫色的花蕾，

他們氣息平靜地躺在草地上；

他們手臂相擁，翅膀交疊；

他們的唇沒有相觸，卻也沒有遠離，

好像因為睡著而短暫分開，

隨時準備更多次的親吻，

在黎明到來時再次歡愛：

我認識那披翼的男孩；

可是你是誰，快樂幸福的小鴿子？

他的好賽姬！

3

哦，最後的絕美超群的生物，

已經消逝了的奧林帕斯山上的眾神！

比斐比（Phoebe）的藍寶石還要耀眼，

或者薇絲朋（Vesper），天邊的多情金星也比不過你的

溫柔；

你比他們更美，縱然沒有神廟，

也沒有鮮花裝飾的祭壇；

也沒有那一到午夜便升起的，

純淨孩童的清麗婉轉地唱詩詠嘆；

沒有聲音，沒有琴，沒有管樂器，也沒有煙，

從那金鏈裝飾的香爐中飄散；

沒有神龕，沒有果林，沒有神諭，

也沒有崇拜的狂熱和沉迷於夢幻的蒼白嘴唇。

④

　　啊，最亮的你！雖沒趕上那些古老的契約，

　　也沒有趕上信眾的歌頌，

　　當神靈出沒於莊嚴聖潔的林間，

　　淨化了空氣、水流和火焰；

　　縱使那些古老的日子漸遠不返，

　　虔誠的幸福不再來，

　　那閃亮的翅膀仍然飛翔在褪色的奧林帕斯，

　　我看著，歌唱著，我有幸親眼所見。

　　就讓我來做你的唱詩班，歌一曲詠嘆調，

　　在那午夜到來的時刻！

　　你的聲音、琴、管樂器和煙，

　　從那空中搖擺的香爐中四散；

　　你的神龕、果林、神諭和狂熱的崇拜，

　　那沉迷於夢幻的蒼白嘴唇。

⑤

　　是的，我要做你的祭司，建立神廟，

　　在我頭腦中那未被踐踏的地方，

　　那裡伸展著沉思，快樂與痛苦令它生長，

　　取代了松樹在風中沙沙作響：

　　還有大片大片的綠蔭蒼鬱，

覆蓋著峭壁，接連峭壁。

在那裡，微風、溪流、鳥兒、蜂兒輕唱；

這寂靜廣袤疆域的中央，

正是我修建的那玫瑰色的神廟，

它那花環構築的思想的大腦，

裝飾著花蕾，鈴鐺和不知名的星星，

園丁構思所有這些奇思妙想，

他的手下絕不會培育同樣的花朵：

那裡有你能夠冥想到的一切，

靜謐和諧，溫暖歡欣，

宛若一支火炬，或是在深夜打開的一扇窗，

正好讓愛的溫暖照亮！

西元 1819 年 4 月

一、頌

夜鶯頌

1

我心痛，睏倦與沉寂刺痛了我，

那痛楚，好似飲下了劇毒的酒，

或是因為吞服了鴉片而被消耗殆盡，

片刻，我便沉入了忘川列溪：

並非嫉妒你的幸福，恰是你的快樂令我特別歡欣 ——

你呀你，身披薄翼的樹林精靈。

清亮的嗓音悠揚流轉，

山毛櫸的濃蔭中充盈著靈動的樂音，

你放聲高歌，唱誦夏天。

2

呵……來輕啜一口這美酒！

這甘霖經年冷藏在深深的地下，

只需一口，便如見到了花神和那綠意盎然的城邦，

舞蹈，戀歌吟唱，燦爛驕陽！

哦，來吧，飲下這裝滿杯中的南部的溫暖，

裝滿的豔紅、清冽的神靈之泉，

以及在杯口隱現明滅的泡沫，

宛若珍珠，又將雙唇染成紫色；

我要一飲而盡，再悄然離去，
與你一起消失在那深林暗處。

3

遠遠地消逝，瀰散，全然忘失，
在叢林中的你對此一無所知，
這塵世間的疲倦、病痛和煩惱，
在這裡，人們對坐而悲嘆相訴，
麻痺癱瘓的人，只有凌亂灰白的髮絲在飄動；
在這裡，青春漸行漸遠，蒼白消逝直至滅亡；
在這裡，思緒中充滿的全是遺憾，
憂傷和絕望呆滯的目光，
在這裡，美人留不住雙眸的華彩，
新生的愛情也在朝夕間憔悴枯萎。

4

去吧！去吧！我飛向你那裡，無須搭乘酒神那獵豹的座駕，
而是憑藉絕妙詩句的無形雙翅啟航，
儘管乏味的頭腦中滿是疲乏困頓，我卻已經來到你身邊！
夜色祥和安寧，恰似月亮女神正在登上寶座，

群星簇擁著她，可是這裡卻不甚明亮，
微風拂來從天堂散落的朦朧微光，
透出幽深的綠意，青苔曲徑若隱若現。

5

我認不出腳邊綻放的是什麼花，
也聞不出枝頭的嫩蕊飄散的是什麼香；
我只能在幽暗中默默猜想那芬芳，
這樣的季節裡該是怎樣的韶華美韻，
分給了這草地，林莽，和原野中的果木，
那白色的山楂花，和田園間的野薔薇，
易謝的紫羅蘭隱現在綠葉中，
還有那五月中旬的寵兒——
滿載甘霖的麝香玫瑰，
夏夜裡這兒成了蚊蠅盤桓的領地。

6

暗夜中我聆聽著；啊，有多少次了，
我幾乎愛上了安逸的死亡，
我用盡詩句辭藻去呼喚他柔軟的名字，
請他帶著我的氣息一起融進空明；
然而此刻，死亡是多麼的華麗盛大：

毫無痛苦地在午夜安然而去，
你呢，正傾訴宣洩著你的靈魂如痴如狂！
你將高歌依舊，而我卻再也無法傾聽 ——
那高亢的安魂曲也只能唱給一抔泥土。

7

啊，你將永生，這不死的靈魂！
飢餓的年代也無法令你屈服；
我聽見往昔的夜晚聽過的歌聲
曾在遙遠的過去打動了帝王和村夫。
大概這歌聲也同樣激盪過露絲，
她充滿憂思的心，懷念著家鄉，
站在異鄉的麥田裡淚流滿面；
也是這歌聲，許多次令那被禁錮的「窗裡人」迷醉，
她推開窗 —— 無際大海中浪濤洶湧，家鄉失落汪洋。

8

失落！宛若一聲悶響的洪鐘，
它在催促我回到孤獨的自己！
別了！都是幻想，這個騙人的小妖，
她浪得虛名，不能再施展伎倆。
別了！別了！你幽怨的歌聲漸遠，

一、頌

流過近地草坡，越過靜靜溪流，
飆升到了山坡，而今卻已深深地
掩埋在附近的山谷：這究竟是幻覺，還是醒時的夢境？
那樂音遠去 —— 我是醒著，還是在夢鄉？

西元 1819 年 5 月

希臘古甕頌

妳是「寧靜」的新娘，仍舊保持童貞的處子，

妳是「沉默」和「慢逝時光」領養的孩子，

妳啊，是山林的史學家，

能夠美妙鋪敘如花一般的傳說，甜美勝過我們的詩句！

妳的身形被綠葉鑲邊，被那古老的歌謠縈繞；

講述的是神，或是人，抑或人神同道，

流傳在坦佩，還是阿卡迪亞河谷？

那是什麼人，什麼神？什麼樣不情願的女孩？

多麼熱烈的追求！多麼強烈的逃避！

那是怎樣的風笛和鈴鼓！怎樣的狂熱欣喜！

2

被聽見的樂音固然甜美，而那無法諦聽的旋律卻是更加

的美妙；

柔情的風笛，儘管繼續吹奏吧；

不必為了耳朵演奏，而是更為深情地，

為那深處的心靈奏出無聲的樂曲；

那樹下的美少年，請你不要離開，

只要你的歌聲持續，樹葉也不會凋零；

莽撞的愛人，你永遠得不到一吻，

縱然已經足夠接近了 —— 但你不要悲傷；

她永遠不會衰老，儘管你無法如願，

卻能永遠地愛著，她也永遠動人！

3

啊，多麼幸運的樹木！你永遠不會凋零，

你的綠葉，永遠不會失去春光；

啊，幸福的演奏者，你從不疲憊，

永遠演奏著常新的樂曲；

啊，更為幸福的愛，更多、更多幸福的愛！

永遠熱烈，永遠盡享歡愉，

永遠心熱，永遠年少青春；

這所有的情態都如此脫俗：

永遠不會讓心靈煩悶或饜足，

不會令頭腦熾盛躁狂、嘴唇焦渴。

4

都是什麼人前來祭祀？

要去哪一座祭壇，神祕的祭祀？

那獻祭的小母牛向天而鳴，

花環綴滿牠光滑的腰身。

這是哪一座城鎮，依傍河流還是靠近海邊？

或是靠著高山，築起的和平要塞，

人們一早傾城而動，趕著去祭祀神明？

小城啊，你的街巷將永遠地悄然無聲，

沒有一個靈魂能夠回來

講述你為何從此變成了荒蕪廢墟。

5

啊，典雅的造型！唯美的儀態！

遍布的精美大理石雕刻的少女們和男人們，

樹林蔓延，荒草伏倒在腳邊；

沉默的形體啊，你冰冷宛若「永恆」，

令人超越思想：冰冷的牧歌！

當這一代人衰老凋落了，

你卻依然故我，又在另一些哀傷中像曾經那樣，

用朋友的口吻撫慰後人：

「美即是真，真即是美」── 這是全部，

你們在世間所了知、應該了知的一切。

西元 1819 年 5 月

憂鬱頌

哦不，不要去忘川，也不要擠壓根莖深扎泥土中的烏頭，

別把它的毒汁當作美酒，

也別讓你蒼白的額頭承受那一吻 ——

那是龍葵之吻，來自地獄女王波瑟芬妮（Proserpine）的紅葡萄；

別把水松果殼做成你的念珠，

也別讓甲蟲，以及撲火的飛蛾，

成為你憂傷的靈魂，

別讓那陰險的夜梟，

陪伴你心底難解的悲哀；

陰影疊加著陰影只會混混沌沌，

極度的苦悶終會將清醒的靈魂淹沒。

可是，一旦憂鬱的思緒飄臨，

彷彿天空突然飄落泣雨，

滋潤了垂頭喪氣的花草，

四月迷濛的雨霧籠罩青山，

就用你的哀愁去供養清晨的玫瑰，

或是化作瀲瀲海面上絢爛的霓虹。

或者綻放豔麗的牡丹；

又或者，若是你的女王嗔怒怨恨，

就溫柔地拉著她的手，任由她，

你只要深深地、深深地凝望她絕美的雙眸。

3

她與「美」共處 —— 美必將消逝，

還有歡愉，「歡愉」總將手放在唇邊，

隨時道別；還有毗鄰痛苦的「快樂」，

只要蜜蜂來採擷，它就化作鴆毒。

哎，在那「欣喜」的廟宇中，

隱匿著「憂鬱」的至尊神龕，

只有味覺敏感的人，

才能咬破「快樂」之果品嘗，

靈魂一旦嘗到了「憂鬱」的力量，

便會立即臣服，懸掛在她的雲端。

西元 1819 年 5 月

秋頌

多霧的季節，恰是果實成熟的時節，

你與熟灼萬物的太陽是密友；

與他共謀，如何負載和祝福，

讓那茅檐下的葡萄藤蔓綴滿纍纍果實；

讓蘋果壓彎農莊裡青苔覆滿的果樹枝，

讓每顆果子都熟透，讓葫蘆碩大；

榛子的外殼飽滿，脹鼓鼓地塞進甘甜的果仁；

讓那遲開的花朵，

不斷地盛開，再盛開，吸引蜜蜂，

讓蜂兒們以為暖和的日子會常在，

夏天彷彿滿溢出那蜜糖黏稠的蜂巢。

2

有誰沒見過你，經常流連在穀倉？

有時候不管誰出門去找尋，

你散漫地坐在麥田上，

揚穀的風中輕輕撩撥，飄飛你的秀髮；

或是在沒有收割完的田壟裡酣睡，

罌粟花香濃郁馥令人迷醉，

你的鐮刀閒置而任由下一畦莊稼與壟上的野花痴纏；

有時，你像拾穗人一般跨過溪水，

頭頂著穀袋安穩如磐，

或是倚在榨漿機旁，耐心地守候，

任由時光分秒流逝直至最後一滴果漿落下。

③

春歌在哪裡？哦，春歌去哪兒了呢？

可也別為它們太費心思，你也有自己的樂曲 ──

當片片彩霞把將逝的天空裝點得絢爛；

留著麥茬的廣袤原野被塗抹著玫瑰色，

這時，一群小小的飛蟲哀音同鳴，

在沿河的柳堤間，伴著微風盤桓，

忽高忽低，起伏明滅；

籬笆牆下蟋蟀在歌唱，

紅色胸膛的知更鳥在菜園裡縱情高歌；

而群羊在羊圈裡高聲咩叫；

群飛的燕子正在空中啾啾呢喃。

西元 1819 年 9 月 19 日

一、頌

二、十四行詩

詠和平

啊，和平！你可是帶著祝福而來，

為了這被硝煙戰爭充斥的海島，

用你的慈悲面容來撫平我們的痛苦，

令這聯邦島國重拾明朗的笑顏？

我歡呼著迎接你的到來；

我也為你隨駕而侍的可愛夥伴們歡呼，

賜我完滿的喜悅吧 —— 讓我如願以償；

願你鍾愛那柔美的山林仙子，

藉著英國的快樂，也宣告歐洲的解放。

啊，歐羅巴（Europe）！

不要讓暴君以為你還能像從前那樣屈服而捲土重來；

打碎那枷鎖吧，大聲喊出你的自由，

給予君王法律 —— 別再給他們集權：

恐怖歲月結束了，你將擁有好運！

西元 1814 年

致查特頓

哦，查特頓！你的命運多麼的悲慘！

你是哀傷與苦難之子！

你的雙眼過早地蒙上了死亡的陰霾，

而不久前，這雙眼睛才剛剛閃耀天才與崇高的光芒！

那聲音多麼短暫，縱使雄渾高亢，

卻過早淪為斷章殘篇！

那黑夜竟然如此囂張地逼近你美好的早晨！

你過早的逝去好似剛剛綻放一半的花朵，被暴風雪摧敗

凋零。

但這都已經是過去。如今你在繁星之中，

在高高的九霄天上；向著旋轉的蒼穹，

你歌聲甜美悠長；和諧自在地飛揚，

超越了負義紅塵與人類的恐懼。

大地上自有好心人捍衛你的名字，

不容他人貶損，用淚水滋養你的美譽。

西元 1814 年

查特頓（Thomas Chatterton, 1752-1770），英國文學史上最短壽的詩人之一，不滿 18 歲就因見棄於文壇而自盡。他死於華茲華斯（William Wordsworth）出生之年，華翁在〈堅毅與自

立〉一詩中慨嘆詩人在世，每始於喜悅而終於絕望，特別提到查特頓與彭斯（Robert Burns）。濟慈寫此詩時才 19 歲，未必想到自己也會早逝，只是惺惺相惜而已；可是「夜色忽至，緊追你的朝霞」豈不是也應在他自己身上？幸運的是，他畢竟比查特頓多活了八年，才能寫出更多傑作，在文壇的貢獻更大。

致拜倫

拜倫，你的樂曲如此甜美憂傷，

令人們從內心深處生出柔情，

好似溫暖的慈悲，伴著不尋常的重音，演奏著痛苦的

琴，而你就在一旁聆聽，

記下了旋律，琴曲便不會消失。

幽暗的悲傷並沒有減損你給人愉悅的本性；

你只是將不幸留給自己，

輕輕蒙上一輪清光，令它光芒萬丈。

好似彩雲遮蔽了月亮精靈，

雲朵邊緣放射出耀眼的金輝，

琥珀色的光線從黑袍中穿透而出，

又好像雲母石上美麗的波紋；

垂死的天鵝啊！請繼續吧，繼續講述，

娓娓道出你的故事，那甜蜜怡人的悲涼。

西元 1814 年

寫於利·亨特 [01] 先生出獄之日

有什麼關係，因為向執政者說了真話，

好人亨特被關入了牢房，然而自由如他，

精神不朽，依然自由自在，

正如那天空中的雲雀，歡欣而不羈。

虛榮的奴僕啊！你以為他在等待嗎？

你以為他整天望眼欲穿地盯著獄牆，

等著你不甘願地打開門鎖將他釋放？

哦，不！他更懂得快樂，且天生高貴！

他在史賓賽（Edmund Spenser）的廳堂裡徜徉遊蕩，

採擷迷人的花兒；

他翱翔，

和勇者米爾頓（John Milton）相伴於無垠長空。

他抵達天才的巔峰，那也正是他自己的領地，

帶著幸福飛翔。你們的名聲早晚會破產，

而他的美名終將與世長存，誰能撼動？

西元 1815 年 2 月

---

[01] 利·亨特在《探索者》雜誌上發表評論攝政王的文字，被判處罰金及兩年禁閉。他在監獄中繼續編輯工作，友人拜倫等都曾前往獄中探視他。他於 1815 年 2 月 2 日出獄時，濟慈曾拜訪並表示祝賀。

哦，孤獨！[02]

哦，孤獨！假若必須與你共處，

但願別在那雜亂無章，灰濛濛一片的建築裡。

請與我同登險峰 ——

那大自然中的瞭望臺 —— 遠眺山谷。

河谷覆滿花草，河水亮晶晶，好似近在咫尺；

讓我為你守望，在枝葉茂密的樹叢中，有小鹿躍過，

驚起野蜂一片，匆匆掠過花叢。

即便我很樂於與你同遊美景，但我更願意與純潔的心靈

深交；

那裡有情思優美的精妙言語，令我靈魂愉悅，

而且我相信，人的最高的樂趣正如此，

是一對相通的心靈投入你的懷抱。

西元 1816 年 1 月

---

[02]　這是濟慈公開發表的第一首詩作，刊登於 1861 年出版的《觀察家》雜誌上。

有多少詩人將歲月鍍了金

有多少詩人將歲月鍍了金！

我總是幻想將他們當作養分 ——

那美妙的詩章

或平凡，或崇高，總使我沉吟深思；

不時地，每當我坐下來沉吟詩韻，

那些華美的詩章便湧進我的腦海，

並不會引起嘈雜的混亂，

而是匯聚成和諧悅耳的樂章。

好似黃昏無數聲響的集合：

鳥的歌聲，樹葉沙沙低語，

水流潺潺，鐘聲低沉迴盪，

伴隨著莊嚴的聲音，成千上萬的，

更多來自遠方的無法識別的聲響，

它們奏出美妙的樂曲，而不是聒噪喧嚷。

西元 1816 年 3 月

給贈我玫瑰的友人

最近，我在怡人的田野間漫步，

適逢雲雀在三葉草的蔥翠叢蔭間，

搖落了顫動的露珠，而此時，

冒險的騎士也正高舉起他滿是凹痕的盾牌；

我看到大自然奉上了最美的野生花朵 ——

一枝剛剛綻放的麝香玫瑰，它迎著初夏，

散發著清新的甜香；它秀頎優美，

好像女王緹坦妮雅 [03] 手中揮舞的魔杖。

當我盡享於它的芳馨的時候，

我想它遠勝於園圃中的玫瑰：

但是威爾斯 [04]！自從你的玫瑰給了我，

我的感官就被它們深深迷倒，

它們悄聲細語，親切柔軟地請求，

和平、真理和不變不移的友情。

西元 1816 年 6 月 29 日

---

[03] 緹坦妮雅 (Titania)，妖精王后，見莎士比亞的《仲夏夜之夢》。

[04] 指查爾斯·威爾斯 (Charles Wells, 1799-1879)，濟慈弟弟湯姆 (Tom Keats) 的
同學，曾寫過一些小說和劇本。

久困於都市的人

久困於都市的人，

最渴望見到朗朗晴空，

天空開顏，禱告者暢快地呼吸，

蔚藍的蒼穹滿是笑顏。

誰能比他更快樂，帶著一顆滿足的心，

倦了就躺在起伏的青草中，

偎在逸樂的地方，盡情地閱讀優雅的故事，

講述一段苦惱的愛情。

傍晚他回到家去，

一面仔細聆聽夜鶯歌喉嘹亮，

又不住地瞭望雲朵燦爛溢彩飛向天際，

他遺憾一天竟然這樣匆匆流逝；

彷彿天使墜落的淚珠，

從清明寂靜無聲地隕落。

西元 1816 年 6 月

給我的弟弟喬治

今天我已見過了許多奇蹟：

太陽剛剛升起便用親吻抹去了清晨眼中的淚水；

諸神們頭戴桂冠，斜倚著金色輕柔的黃昏晚霞；

海洋無邊無際，深邃湛藍，

承載著它的船隻，礁石，洞穴，恐懼和憧憬，

它發出神祕的嘯聲，誰聽到了，

都會想到悠遠的未來與過去！

親愛的喬治！此時此刻我寫信給你，

月光女神正透過她的絲幔悄然窺望，

好似她的新婚之夜，逍遙迷醉，

她的歡情只流露了一半。

可是，如果沒有與你的交流，

這天空和海洋的奇蹟對我又有何意義？

西元 1816 年 8 月

初讀查普曼譯《荷馬史詩》

我曾遊歷許多金色的國度，

見到過許多美好的城邦與王國，

我還曾經到過西方很多的海島，

那些曾被詩人獻頌給阿波羅的島嶼。

我常常聽人談起那片廣闊無垠的疆域，

睿智的荷馬在那裡統轄著思維，

然而我從未能領略那裡的芳馨一二，

直到查普曼慷慨激昂地發了言。

我仿彿窺見了蒼穹，

一顆新星衝進了我的視野，

好似壯漢科爾特斯（Hernán Cortés），用鷹隼的雙眸凝視著太平洋，

而他的夥伴們全都面面相覷，帶著訝異的猜想，

靜默凝神，站在達連省的高峰之巔。

西元 1816 年 10 月

刺骨的寒風陣陣

刺骨的寒風陣陣，遍地低鳴，

林中樹木，多半都已凋零枯萎；

天空的星星看上去多麼冷冽，

而我還有好幾里路要走。

但我並不在乎天氣的嚴寒淒冷，

沒留意枯葉被寒風吹得窸窸窣窣，

沒看見空中如銀燈般不滅的星星，

也不覺得距離溫馨的家還有那麼遠：

只因我心中充滿了真摯的友愛，

剛剛在那小小的村舍中覓得，

金髮的米爾頓盡訴衷腸，

他悼念摯友里西達斯的溺亡；

述說穿著青衣的可愛的勞拉，

還有頭戴榮耀桂冠，忠誠的彼得拉克。

西元 1816 年 10 月

清晨別友人有感

送我支金筆吧，

讓我依靠著一叢奇妙的花，在那遙遠神聖的仙境；

給我張白紙，比星星還要明亮素潔，

或是給我天使的纖纖玉手，

奏響天堂裡的銀色豎琴，誦唱聖樂：

讓綴滿珍珠的車騎來來往往，

粉紅的裙裾，撩動的長髮，和鑲鑽的寶瓶，

乍隱乍現的翅膀，目不暇給，

仙樂悠揚繚繞在我的耳際。

當曼妙的樂章奏到即將休止的時分，

便讓我寫下榮耀的詩行，

充滿奇蹟、輝煌的天堂聖境：

我的靈魂攀登在凌霄的高峰！

它怎能忍受這麼快就孤獨。

西元 1816 年 10-11 月

給我的兄弟們

　　小小的、跳躍的火舌，在新添的煤爐裡閃耀著，

　　它們微弱的爆裂聲打破了寂靜，

　　好像是家庭之神在冥冥中的細語，

　　在守護著兄弟們友愛的靈魂。

　　當我窮盡天地地搜尋詩句時，

　　你們的眼睛卻帶著迷濛，

　　凝視著那深邃的名作，

　　它的奧義常常在夜晚慰藉我們的煩憂。

　　今天是你的生日，湯姆，我高興，

　　這一天過得靜好安寧。

　　願我們能擁有更多這樣的日月，

　　讓我們能夠共度這樣的黃昏，安詳靜謐，

　　品嘗世間真正的歡樂，直到那個偉大的聲音出現，

　　呼喚我們回歸天堂。

　　　　　　　　西元 1816 年 11 月 18 日

致海登（一）

高尚的情懷，渴望友善的言行，

對偉岸的尊貴人物心懷傾慕，

他們往往無聞棲身於平凡市井，

居於嘈雜街巷，或是隱沒在密林深處；

我們認為天真無知的人，卻常常擁有不放棄的堅強
意志，

那群可悲的商人們，早該感到驚異、羞恥和無地自容。

多麼榮耀啊，為了理想和榮耀，

孜孜不倦努力耕耘，鍥而不捨的天才們！

用不屈不撓的意志，去摧毀惡意的嫉妒與中傷，

令它們醜態畢露，數不盡的靈魂都在無聲地讚揚歌頌，

他是人們心中的國之驕子。

西元 1816 年 11 月

海登（B. R. Haydon, 1786-1846），英國畫家，主要繪宗教及愛國題材的歷史畫，認為這對國民有很大的教育意義。但他的畫不能在資產階級社會裡售出，終於因忍受不了生活的壓迫而自殺。

致海登（二）

偉大的靈魂來到紅塵世間；

他是屬於雲朵、瀑布和湖水的，

他昂揚振奮，守護在赫爾維林[05]的高峰，

從天使的翅膀中獲得新的能量；

他是屬於玫瑰、紫羅蘭和春天的，

他和善微笑，為了自由被鐵鏈禁錮，

啊！他卻如此堅定而不屈服，

絕不遜於拉斐爾[06]語的語言。

還有一些靈魂站在他的近旁，

他們走在未來時代的前沿；

他們賦予世界另一種心跳，

另一種脈動。

難道沒有聽到

那聲巨響的前奏？

聽聽吧，普天之下的世人，

你們將啞口無言。

西元 1816 年 11 月

本詩前八行所指的人為華茲華斯、亨特及海登。

---

[05] 赫爾維林（Helvellyn），英國北部的山峰。

[06] 拉斐爾（Raphael, 1483-1520），義大利文藝復興時期的偉大畫家。

憤於世人的迷信而作

教堂的鐘聲陰鬱而鳴，陣陣作響，

它召喚人們去另一種祈禱，沉溺其中，

另一種黑暗沮喪，更深的煩憂，

使得人們更專注地傾聽布道者的宣講。

顯然人們的頭腦已被施了魔咒，

緊緊地被束縛，

他們每個人都寧願拋棄爐邊的歡愉和美好的歌曲，

寧願與內心高尚的人斷絕往來。

鐘聲不停地響，我感到悲涼，

彷彿墜入墳墓中的陰冷，

我怎能不知那些人已如燈盡油枯，

那是他們的聲聲嘆息，悲音中他們正走向沉淪；

而芬芳的花朵總會生長盛開，

榮耀榮光的世界終會到來。

西元 1816 年 12 月

蟈蟈與蟋蟀

大地之歌從不會消失；

當小鳥們抵不過烈日而眩暈，

不得不躲進綠蔭中時，有個聲音卻來了，

躍過重重藩籬，沿著剛剛割過的草地，

那是蟈蟈；牠來領頭，

開始了夏日奢華的盛會，牠無休無止，

盡享歡欣，感到疲倦困累時，

只需要在小草下片刻清涼小憩。

大地之歌從不會終止；

嚴冬孤寂的黃昏，

當寒霜將萬物冰凍入沉寂，

卻從爐邊想起了蟋蟀的歌聲，爐火溫暖慵懶，

人們聽得恍惚迷離昏昏欲睡，

彷彿又聽見青草間蟈蟈的吟唱。

西元 1816 年 12 月 30 日

致柯斯丘什科

啊，柯斯丘什科 [07]！你偉大的名字，是一次豐收，

滿載著高貴的感情；對我們而言，它像是榮耀的鐘聲，

來自廣闊天際 —— 一支永恆的樂曲。

此時它告訴我，在那未知的世界裡，英雄們的名字破雲而出，

化作音樂，永遠地迴旋在無垠廣袤的晴空和繚繞星際。

它還告訴我，在那些歡愉的歲月，世間有善良的精靈，

你的名字與阿爾弗雷德 [08] 和遠古偉人這些名字合而為一，

便有驚人的效應，一曲嘹亮的讚歌誕生，

悠遠地飄蕩直至上帝居住的處所。

西元 1816 年 12 月

---

[07] 柯斯丘什科（Kosciusko, ?-1817），波蘭的愛國志士，曾參加美國獨立戰爭，並為了爭取波蘭的自由，在 1792 年率領 4,000 人抵抗俄軍 16,000 人。波蘭投降後，他於 1794 年再起而抵抗俄普聯軍，失敗被俘。被釋後移居倫敦及巴黎，享受著自由戰士的榮耀。

[08] 阿爾弗雷德（Aifred, 849-901），盎格魯 - 撒克遜國王，以開明著稱。他曾振興文學，並譯有哲學及歷史多種著作。

給 G. A. W

低眉淺笑、暗送秋波的少女，

一天中在哪個奇妙的瞬間，

妳顯得最可愛？

是妳說話時到達甜蜜忘我的境界？

或是妳凝神靜默，沉吟思索在神往之地？

或是，突然跑出去，披著清晨的長衫去迎接黎明第一抹

陽光，

妳一路雀躍卻又小心不去踩踏那嬌嫩的花朵？

也許妳紅唇微張之時最可愛，

出神而忘了合攏，專心聆聽著，

但妳卻因此而顯得特別完美靈慧，

我真的說不清哪一種最美；

正如無法說清阿波羅 [09] 身前的三位女神

究竟是誰更加溫婉雅緻。

西元 1816 年 12 月

G. A. W，喬治安娜‧奧古斯塔‧威利（Georgiana Augusta Wylie），後來成為喬治‧濟慈（濟慈弟）之妻。

[09] 阿波羅，日神，司藝術。

啊，在夏日的黃昏

啊！我多麼喜愛，在夏日的黃昏，當雲霞光芒萬丈渲染布滿了西天，

亮白的雲靠著溫馨的西風休憩，我多麼希望遠遠地、遠遠地拋開一切

所有卑微的念頭，暫時解開煩憂，跟那些微小的愁緒告別；

隨意輕鬆地去尋訪自然織就的美麗，遍滿芳香的花野，

在那裡暫且讓靈魂獲取片刻歡愉

那裡的俠義忠貞能溫暖我的心胸，懷念米爾頓[10]的命運，

西德尼[11]的靈柩，他們正義的形象佇立於我的心中，

說不定我還能藉著詩歌的翅膀飛翔，

飽含著哀傷而溫暖的熱淚會灑下，

當那婉轉動人的哀傷迷住了我的雙眼。

西元 1816 年

---

[10] 米爾頓，因反對帝政和參加清教革命，皇室復辟時，曾被捕並失去大部分財產。

[11] 西德尼（P.Sidney, 1554-1586），英國詩人及政治家。在與西班牙作戰時，受傷而死。

漫長的冬季將逝

漫長的冬季將逝，濃霧黑暗不再壓向我們的平原，

從南方送來了和煦暖陽，

清除了那病懨懨的天空裡一切刺眼的汙漬。

從痛苦中解放的時光，迫切地想要享受久失的權利，

那是五月的感覺，

眼瞼還殘留著沒來得及離去的寒氣，

卻像玫瑰花瓣上跳躍的夏日雨滴。

恬淡的思緒湧現心頭，像那些綠葉啊，

果實啊，秋天豔陽啊，

在黃昏裡靜靜微笑的稻穀啊，莎芙 [12] 的甜美面頰，

嬰兒熟睡的酣甜，沙漏中慢慢流逝的細沙，

林子裡的小溪流，一個詩人的逝去。

西元 1817 年 1 月 31 日

---

[12] 莎芙（Sappho），古希臘的女詩人，寫有很多愛情詩。

寫在喬叟的故事〈花與葉〉的尾頁

這美妙的故事像一片小樹林：

甜美的詩行好似綠葉枝條交織，

讀者沉浸在這個小小的天地，

四處流連，全心投入其中，

很多次他感到有露珠滴落，

清涼而不經意地打溼了他的面頰，

他還跟隨著鳥兒的歌聲，

探尋到那細腳紅雀的幽深小徑。

啊！明淨的單純竟是這般有力！

雅韻的故事竟是如此富於魅力！

我儘管對這榮耀渴望已久，

而這一刻，我卻只是滿足地躺在草地上，

好像兩個啜泣的孩子，沒人理睬，

只有知更鳥能聽到，默默傷悲。

西元 1817 年 2 月

初見埃爾金壁石有感

我的靈魂如此脆弱 —— 無常，

像不情願的夢沉重地壓著我，每一件極致想像的巔峰
之作，

以及神造一般的傑作，都在告訴我，我必將死亡，

像是患病的鷹隼，只能仰望著天空。

然而哭泣卻又未免奢侈，儘管我無法駕雲御風抵達
靈霄，

去獲得那一瞬眼就已錯過的新鮮晨光。

這極盡輝煌想像的腦力之作，

帶給我不可名狀的糾結，在心頭紛紛擾擾，

這些炫目的奇蹟刺得人心痛：

這古老的希臘的壯闊戰勝了時光，

帶著灰白的海浪，還有太陽，以及一抹雄渾壯美。

西元 1817 年 2 月

希臘神殿的石雕，被英國人埃爾金劫至英國，所以被稱為
「埃爾金壁石」（Elgin Marbles），置於大英博物館中。

獻詩

　　—— 給利・亨特[13] 先生

榮耀和瑰美都已過去、消散；

當我們在清早出遊的時候，

就已見不到那裊裊的炊煙，

向著東方飛去，去遇見微笑的時光；

不再有成群結伴的快樂少女，

拋灑婉轉的妙音，

提著一籃籃稻穀、玫瑰、石竹花、紫羅蘭，

去裝點那為了迎接早春五月的百花神壇。

不過還有詩歌這樣的樂趣，

令我僥倖感到幸運和福氣：

在這樣的時代，

得到樹蔭的庇佑，

固然找不到牧神，

我尚能感受自由，

蔥鬱濃蔭的奢美，讓我還能夠懇求你

笑納這一份微不足道的獻禮。

西元 1817 年 3 月

---

[13] 利・亨特（Leigh Hunt, 1784-1859），英國作家及詩人，《觀察者》雜誌的主編。他初次發表了濟慈的詩，並予以評論。濟慈透過他而認識雪萊（Percy Shelley），他也是拜倫的友人。

這首獻詩是印在濟慈第一本詩集的首頁上面的,出版於
1818 年 3 月。

詠滄海

他發出恆久的低低耳語，

迴盪著荒涼的礁岸，

又帶著他凶猛的海潮奔湧淹沒千岩萬穴，

直到黑卡蒂（Hecate）用咒語在所有岩洞中留下唏噓。

他也時常溫和安詳，

哪怕是最最微小的貝殼偶然失落，

也會有那麼好些天，沒有海浪來挪動它們，

上一次肆虐的狂風此時也暫時收手。

哦，如果你的眼睛感到枯燥疲倦，

就去看看這無邊的汪洋吧；

哦，如果你的耳朵受夠了喧鬧繁雜，

或是聽膩了音樂會，

也不妨去坐在那古老的岩洞口，靜靜冥想，

直到恍然間，仿若一眾海神的歌聲響起！

西元 1817 年 4 月

快哉英倫

快哉英倫，我由衷感到滿足，

這裡一片蔥蘢茂郁，勝過任何異鄉，

這裡輕風拂過高高的樹林，

吟唱著古老的傳說，

異地的風如何能比！

但有時我也會苦苦尋覓義大利的朗空豔晴，

心中渴望著攀登上阿爾卑斯山頂的寶座，

渾然忘卻凡俗塵世的爭名奪利。

快哉英倫，少女們天真爛漫，

她們淳樸無邪，令我心動沉醉，

雪白的手臂默默地挽住你；

但我卻也時常盼望見一見，

那些美目含情的風雅麗人，聽聽她們的歌，

與她們在夏日的溪水中同遊嬉戲。

西元 1817 年

重讀莎翁《李爾王》

哦，金嗓子的傳奇，琴鳴的韻律！

披著華美羽毛的海妖，來自遠古的女王！

在這個冬日請停下你的歌聲和演奏，

合上你的殘卷書頁，請保持靜默；

再見！我要再一次歷經烈焰，

天道和人間對立衝撞相互殘酷的詛咒，

我必須再一次重新品嘗，

莎翁這又苦又甜的奇異鮮果；

一代詩宗啊！阿爾比恩的雲天，

你把雋永深邃的主題一路傳來！

當我深深地走進這古老的橡樹林，

不要讓我在這夢幻裡沉迷漂泊，

當我燃燒殆盡，

請給我浴火鳳凰的重生之翼，飛向熱望。

西元 1818 年 1 月 22 日

當我憂慮，自己會太早逝去

當我憂慮，自己會太早逝去，

我的筆卻還未能寫盡頭腦中的豐盛思緒，

還沒有那堆疊成山的書本，

在字裡行間好像穀倉中囤積的成熟的穀粒；

當我見到大塊的雲朵，象徵著高貴的傳奇，

夜空中的面孔浮現在繁星間，

想到自己將要不久於人世，

卻沒有機會用那魔法之手幻化烏雲；

當我感到，轉瞬即逝的佳人，只怕我也無緣再向你凝望，

還未曾體驗那沒有答覆的愛情，來不及沉醉其中；

於是萬丈紅塵中我孤身一人，佇立思索，

直到愛情和名聲幻化無痕地沉沒。

西元 1818 年 1 月 31 日

濟慈第一首採用莎士比亞韻式寫就的十四行詩，附在 1818 年 1 月 31 日致雷諾茲（John Reynolds）的信中，被認為是他以這種詩格創作最成功的作品之一。

給 ——

五年了，時光的潮水起起落落，

漫長的光陰如細沙般反反覆覆地經過沙漏，

自從我陷入了妳的美貌羅網，

也被妳那裸露的手臂輕輕俘獲。

可是，我總是望向午夜的空中，

總是在記憶中見到妳燦然的目光；

總是在見到玫瑰嫣紅的花瓣，

心兒就會飛向妳的面頰；

只要看到花蕾綻放，我的耳邊就會深情地想念妳的

唇際，

等待著那裡吐出一句愛的言語，

吞下它，那甜蜜仿如一種錯覺。

妳已經用甜蜜的記憶沖淡了一切光芒，

妳令我心中的歡樂總是帶著憂傷。

西元 1818 年 2 月 4 日

這首詩所給的人，據說是濟慈在狐廳花園中曾偶爾一見的一個女子。

致史賓賽

史賓賽！有一個豔羨你的崇拜者，

一個隱藏在你那叢林之間的密林深處，

昨晚他請求我答應，

要精心為你撰寫一篇美文去愉悅你的耳朵。

可是，靈動的詩人，那不可能啊！

一個久居於寒冬大地的人，

無法升起像太陽神一般烈焰燃燒的翅膀，

用金色羽毛的筆去書寫一篇歡樂晨頌。

也不可能一下子擺脫苦役，

去繼承接管你的精神靈感；

花朵必須飲足了自然土壤中的營養，

方能綻放豔麗的芬芳；

等到夏天再來找我吧，

為了取悅他，我願意在那時試試我的筆。

西元 1818 年 2 月 5 日

人的四季

四季周而復始成為一年，

人的腦海中亦有四季時令，

他有朝氣的春天，天真明快，

把所有的美好都盡收囊中。

他有奢華的夏天，

當春的榮光已成為他回味追思的青蔥歲月，

他沉溺其中，被夢境捕獲，

便接近了天堂：寧靜的港灣。

他的靈魂便有了秋天，此時他的翅膀收起，

他滿足、自得，慵懶沉醉 ——

任由美好事物像門前的河流般在眼前流過。

他還有冬天，是的，蒼白而變形的，

不然，他便真是超越了人的天性。

西元 1818 年 3 月

訪彭斯墓

這小鎮，這墓園，和這西沉的斜陽，

這雲朵，這樹木，和這圓頂山的一切，

固然美麗，卻是冰冷、陌生、宛若一夢，

我很早以前夢見過，如今又重現眼前。

夏天這樣短促而蒼白，彷彿只是從冬天過度的片刻喘息，

星星藍如美玉，卻毫無溫暖光芒，

一切都是冰冷的美；痛苦沒完沒了，

誰能像米諾斯（Minos）那樣聰慧，懂得品味真實的美，

而又不使她染上病態的想像和虛弱的驕傲之氣。

向那灰白的暗影投擲！彭斯！我一直敬重著你。

偉大的靈魂啊，隱去吧！我深悔冒犯了你故鄉的天空。

西元 1818 年 7 月 1 日

彭斯（R. Bums, 1756-1796），蘇格蘭偉大的詩人。濟慈在訪問他的墳墓後，給弟弟湯姆寫信說道：我在一種奇怪的、半睡的心情下寫了這篇十四行詩，我不知道為什麼覺得那雲彩、那天空、那房子，都是違反希臘風和查理曼風的。

寫於彭斯誕生的小屋

這平凡的身軀不滿前日壽命，

哦，彭斯，此刻走進了你的小屋，

你曾在這裡夢想過獨享鮮花之灣，

沉浸在幸福之中，忘記了命運的擺布。

你的威士忌激奮著我的血脈，

我頭腦發脹，為你的偉大詩魂而暈眩，

我的雙眼被迷幻彷彿失明，

幻想也沉醉了，撲倒在它的終點。

儘管如此，我依然站在你的地板上，

能夠打開你的窗去尋覓，

那些你曾經一遍遍地逡巡的牧場，

依然能夠深摯地、由衷地思念你。

我還能為了你的名字而痛飲一杯 ——

微笑吧，在幽冥的暗影裡，這正是你的美譽！

西元 1818 年 7 月

詠艾爾薩巉岩

聽著！那如金字塔一般的海上巨岩，

請用你海鷗般的嗓音回答我：

你的雙肩何時披上了巨浪滔天？

你的額頭何時不見了陽光燦爛？

這有多久了呢，當大自然鬼斧神工令你離開沉睡的海底，

將你托舉到半空，

你的眠床，從此伴著雷鳴電閃，

披著陽光灰雲便是你冰冷的被單。

你不回答，是睡得酣沉嗎？

你一生便在這兩種沉寂中永恆 ——

此時在半空，原先在海底。

先是伴隨著鯨魚，後又相守著蒼鷹 ——

地殼的震怒將你高聳出了海綿，

除此誰又能將你這巨靈喚醒！

西元 1818 年 7 月 10 日

致荷馬

被困於無知中孑然一身，

乍然聽說你，聽說那基克拉澤斯群島（Cyclades），

我像是一個坐在海邊深深渴望的人，

想要尋訪海底深處的海豚珊瑚礁。

你竟是個盲人！但那障眼的帷幕早已裂開，

宙父打開了天堂的帷幕請你入住，

海神為你建造了浪築的帳篷，

牧神也邀請野蜂為你吟唱歌曲；

啊，黑暗的邊緣總會升起亮光，

懸崖上也有沒被踐踏的芳草，

黑暗的午夜裡，曙光正含苞待放，

失明的人卻能擁有更為敏銳多重的視力；

這好似一種靈視，正如遠古黛安娜女王，

她主宰著人間、天堂和地獄。

西元 1818 年 8 月

詠睡眠

啊，靜謐午夜裡溫柔的安魂者，

用細心的手指輕輕闔上我們喜愛幽暗的雙眼，

為它遮擋光亮，令它躲進那神聖的遺忘之鄉。

啊，酣甜的睡眠！如果你願意，

就請在唱誦的途中，便闔上我的雙眼，

或者等到那聲「阿門」之後，

請你好心地把催眠的罌粟灑在我的床邊。

請救救我，否則那消逝的日光，

又將重新照上我的枕邊，引起陣陣憂思；

請救救我，遠離這好奇心，

它好像鼴鼠一般，在黑暗中有力地鑽行：

請把鑰匙在潤滑的鎖孔間輕輕轉動，

把我的靈魂鎖進寂靜的靈棺。

西元 1819 年 4 月

詠名聲（一）

名聲，好像一個野女孩，

卻依然對那些卑躬屈膝的祈求無動於衷，

那些莽撞的男孩倒是討她喜歡，

最傾心的是那些滿不在乎的心靈；

她是個吉卜賽女郎，

對於那些離開她就渾身難耐的人，

她不理不睬，

而且她朝三暮四，

聽不進去竊竊閒談，

要是聽見誰在談論她，

便會心生怨恨；

這個道地的吉卜賽女孩，

生在奈拉斯[14]，

她是善妒的波提乏[15]之妻的妹妹，

單戀的詩人們啊，

該用輕蔑回報她的蔑視；

失戀的藝術家們啊，

---

[14]　奈拉斯（Neilos），尼羅河的古稱。

[15]　《舊約·創世記》中記載，波提乏（Potiphar）的妻子引誘奴僕約瑟（Joseph）
　　　不成，惱羞成怒，反誣約瑟，讓波提乏把他關進監獄。

別再如此痴狂迷醉！
就向她報以風度瀟灑的一躬，
說聲再見 ——
說不定她正喜歡如此，
會緊緊跟在你的後面。

西元 1819 年 4 月 30 日

詠名聲（二）

多麼狂熱的人啊！

他無法心平氣和地面對自己終歸有限的時日，

他糾結而消磨著生命每一篇書頁，

親自剝奪了自己名譽的貞操；

這好似玫瑰要去摘下自己的花朵，

李樹要去搖落自己薄霧中的繁花，

又像是水泉女神，頑皮的精靈，

用汙濁的泥水玷汙了自己的仙境；

可是，玫瑰依然在枝頭，

等著暖風的親吻和蜜蜂的採擷，

李樹依然盛開一身紅色的衣裳，

湖水也還是那麼晶瑩澄澈：

為什麼，為了名聲的人卻要執著求取，

信奉邪教，而最終無可救贖？

西元 1819 年 4 月 30 日

如果英語

如果英語的詩韻必須受到制約，

可愛的十四行詩，也只能戴上鐐銬，

儘管痛苦，好像安德羅美達（Andromeda）一般，

如果我們必須受到格律的限制，就讓我們找一找，

為詩歌編制更為精美的草履穿上，

讓詩神更為輕盈；

我們審視豎琴，捻撥掂量每一根琴弦，

那發出的音律，

就讓謹慎勤勞的聽覺細心校準聆聽它們的張力，

好像是貪財的邁達斯（Midas）；

我們惜墨如金地慎用音韻，

就連那些枯枝也被善用地編織成桂冠；

這樣，就算我們無法解救繆斯，

至少她還能為自己戴上花冠。

西元 1819 年 5 月

「白天逝去了」

白天逝去了，一切甜蜜也隨之而逝！

甜美的嗓音和紅唇，

柔軟的手，酥軟的胸，

溫情的呼吸，輕柔的耳語，

低聲如夢，明亮的雙眸，

美好的體態，以及柔軟的腰身！

一切都如鮮花一般凋謝了，

我曾見過的最好的美景也凋謝了；

我雙臂曾擁抱過的最美的身軀也凋謝了；

那聲音、溫暖、潔白和極樂，

全都凋謝了 ——

一切都無緣無故地消退，

恰在黃昏降臨時分 ——

黃昏，本是假期、良宵，

正該開始帷幕中細密的濃情愛意，

正可以編織香幔以便遮蔽歡愉；

但是，今天我已飽讀愛的彌撒書，

它會讓我安眠，看著我齋戒禱告。

西元 1819 年 10-12 月

本詩和後面兩首都是詩人寫給戀人芬妮（Fanny Brawne）的。

燦爛的星

燦爛的星！我祈願你能如我一般堅持 ——

並非高懸在夜空裡獨自發出炫美之光，

並且不輟地守望著，睜著永恆不倦的雙眼，

好像是大自然裡的隱士，堅韌無眠，

海潮翻湧像大地的傳教士，

為海岸線環繞生活的人們洗禮清潔，

或是凝視著初飛的白雪，漸漸覆蓋了高山和谷底 ——

不 —— 我只是希望堅定地，

枕在愛人溫暖成熟的胸脯上，感受著它柔和地起起落落；

永遠清醒地感知那甜蜜的起伏，

還要不斷地、不斷地傾聽著她溫柔的呼吸，

就這樣活著 —— 或者沉醉死去。

西元 1819 年

這是濟慈的最後一首詩，寫於自英國赴義大利的船上。

致芬妮

我求妳，疼我、愛我！是的，愛！

仁慈的愛，從不會挑逗、耍弄，

一心一意的、堅定不移的、坦誠的愛，

沒有偽飾，透明無瑕，純潔無染！

啊，讓我完全地擁有妳 —— 全部，全部，屬於我！

形體，金髮，那甜美細膩的情趣，

愛啊，妳的吻，妳的手，妳那動人的雙眸，

溫暖、潔白、聖潔、銷魂的胸脯 ——

妳，妳的靈魂，請心疼我，全給我，

不要有一絲一毫的保留，否則，我就去死，

或者活著，淪為被妳憐憫的奴隸，

迷茫，憂傷，沒有了自我。

生活的目標 —— 我的精神品味

也從此麻木全失，我的野心壯志也從此消亡！

西元 1819 年 10-12 月

接過利・亨特送來的桂冠

時光分秒飛逝……直到此時，

還沒有任何神祕力量來引領我的思想，

進入那德爾菲迷宮。

我真想抓住那不朽的思想來償還，

我欠這善良詩人的，

他在我雄心壯志的頭頂上，已給我冠上至高榮譽。

頭上有兩彎月桂枝 —— 這簡直是痛苦，

當我意識到這頭上的冠冕，

時光仍在飛逝，美夢卻始終不來，

在我所期冀的光彩奪目中；

卻只看到世界至高的獎賞被踐踏，

包括那頭巾、皇冠和尊貴王權 ——

我隨即陷入了無休止的猜疑：

所有這些榮耀是否真實存在。

西元 1816 年 6 月

致看見了我桂冠的女孩們

在這廣闊豐茂的大地上，

有什麼比月桂枝編成的桂冠更可愛？

也許是那繚繞的月暈吧，

或是洋溢在唇邊的甜美三重唱樂曲；

或者你會說是那初露綴在清晨的玫瑰上，

或是那潺潺的溫柔在海面上播撒著的層層細浪；

但是這些比擬都還不夠，

那麼世間竟沒有什麼與之堪比嗎？

那銀色的四月的淚，還是五月的青春？

或者，那蝴蝶般輕盈的六月風？

不 —— 這些無法更改我的心，

我所鍾愛的棕櫚葉 ——

它將永遠向你們尊貴的雙眸致以敬意。

西元 1816 年 6 月

詠勒安得耳畫像

甜美的女孩們，端莊地到來，

眼簾微垂，收斂的眼波，

在忽閃的眼瞼中深藏閃動，

又用皙白的玉指將長髮微微梳攏。

好似那樣的溫柔，你們無法得見、

不可觸及，像是妳美貌的犧牲者，

讓他年輕的靈魂沉入暗夜，

沉入那意亂情迷的陰沉的海。

這年輕的勒安得耳正跋涉向著死亡，

幾近瘋狂，他要把熱切的唇，

印上赫洛（Hero）的面頰，用笑容迎接她的微笑。

哦，可怕的噩夢！看看他的身體多麼沉重，

埋沒在了死亡的海洋；手臂和肩膀掙扎幾下，

他便去了；那多情的呼吸升騰成泡沫四散！

西元 1817 年 8 月

寫在本尼維斯山巔

給我上一課吧，繆斯，大聲地講出來，

在這雲山霧罩的尼維斯之巔！

我望見那巨大山口，深深隱藏，

茫茫雲靄覆蓋了山谷；正如我所知 ——

人們認為的地獄；我抬頭仰望：

那裡亦是一片茫茫，天堂也如此，

人們口中的天堂；雲霧蒸騰繚繞在我腳下的大地之上；

即便如此，人們看到的自己也正是如此朦朧，

在我腳下是嶙峋的山石，

正如我所知，這可憐愚昧的精靈，

我踏上它們，眼前所見的一切皆是迷霧和峭壁，

不僅是這座山峰，

在思想和精神的領域一樣如此。

西元 1818 年 8 月 2 日

今夜我為何發笑

今夜我為何發笑？沒有聲音回答，

上帝不答，嚴苛的惡魔也不答，

不論天堂或地獄，都不屑回答，

如此我只得轉向拷問人類心靈：

心靈啊，你和我都在此悲傷，又很孤單，

可是為何我要發笑？哦，致命的痛苦！

哦，黑暗啊黑暗！每當我要悲嘆，

問天堂、問地獄、問心靈都是徒勞。

為何我要發笑？我知道這生存的契約，

我幻想它能向著極樂無限伸展，

然而也許這個午夜我便停止不前，

眼見那俗世的彩旗被撕成碎片。

詩歌，美名，和那濃郁芳香的美人，

死亡卻更濃烈 —— 死是生的最高報償。

西元 1819 年 3 月

一個夢，讀但丁所作保羅和弗蘭切斯卡片段後

當荷米斯（Hermes）展開他輕盈的翅膀，

隔板上的阿爾戈斯（Argos）神魂顛倒，昏沉睡去；

接著是得而斐的蘆笛，我的遊魂將它奏響，

演奏、沉迷、征服、失去……

龍族的上百雙巨眼

見它已經沉沉入睡，便飛向遠方 ——

不是那冰天雪地的伊達山頂，

也不是那傷透約夫的心的騰陂河谷；

而是去悲傷地獄的第二圈。

這裡狂風席捲，風過之處驟雨冰雹，

愛人們無從訴說他們的哀怨悲傷。我見他們雙唇蒼白，

我吻著的柔唇同樣蒼白，而一樣的狀況，

我追隨著，那愁雲慘霧的風暴。

西元 1819 年 4 月

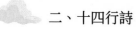 二、十四行詩

三、抒情詩

詠「美人魚」酒店

已故的詩人的亡魂啊，

你們領略了怎樣的極樂之境，

悅人的田野或是綠色幽邃的洞穴，

如何能比得上美人魚酒店？

你們可曾品嘗過美酒，

哪裡能勝過酒店主人的加納利瓊漿？

或是天堂裡的鮮果，

能比那美味的鹿肉餡餅更加香甜可口？

哦，美味！

被裝點得好似勇士羅賓漢，

將要帶上他的瑪麗安前來，

端起腳杯和陶罐通宵暢飲。

我曾聽人說起那一天，

店主的招牌不翼而飛，

無人知曉它去了哪裡，

直到占星師用他的老鵝毛筆，

在羊皮紙上寫下了那些故事 ——

講述他曾看見你們無上榮光，

就坐在那全新的老字號招牌下，

推杯換盞飲著瓊漿，

滿心歡喜地慶祝將美人魚酒店，

開設到了黃道十二宮。

啊，已故的詩人的亡魂啊，

你們領略了怎樣的極樂之境，

悅人的田野或是綠色幽邃的洞穴，

如何能比得上美人魚酒店？

西元 1818 年

「美人魚」酒店是倫敦最早的一家文人薈萃的酒店，莎士比亞、博蒙特（Francis Beaumont）等常到那裡去。

仙子之歌

不要悲泣！哦，不要落淚！

來年花兒還會再度綻放。

別再傷悲，哦，別再難過！

花蕾正沉睡在根莖的白色芯裡。

擦乾眼睛吧，哦，擦去淚水！

我在天堂學會了如何，

讓那清歌妙音流出胸膛 —— 別再哭泣。

抬頭看看，往上看啊！

在那紅白相間盛放的花叢中 ——

向上看，看看上面 —— 我正振起雙翼，

飛向那茂密的石榴枝條。

看我！就是用這銀鈴般的聲音，

總是能夠治癒好人的哀傷。

收起淚水！哦，別再哭啦！

來年花兒還會再度綻放。

別了，別了 —— 我將要飛走，再見！

我將消失在那蔚藍的天邊 —— 別了，別了！

西元 1818 年

雛菊之歌

太陽啊，睜大他的大眼，
卻沒有我看得清明；
月亮啊，
遍灑驕傲的銀輝，
卻與烏雲遮蔽無二。

哦，春天啊春天，
我快樂自在像個國王！
斜倚著豐茂的青草，
窺視著每一位漂亮女孩。

我敢去窺探人所不到之處，
沒人敢望見的，
我凝視著；
倘若此時黑夜來臨，
羊兒就會為我唱起催眠曲。

西元 1818 年

妳去哪裡啊，德文郡的女孩

1

妳去哪裡啊，德文郡的女孩？

妳的籃子裝的是什麼？

妳這乖巧的天仙，從那新鮮乳酪的房間來，

可否如我所願，贈與一些奶酪給我呢？

2

我喜愛妳的草坪和門前的野花，

我喜愛妳香甜美味的乾酪；

但我更喜愛躲在門後與妳熱吻，

哦，不要拋下這樣不屑的眼神！

3

我喜愛妳的山峰和溪谷，

我喜愛妳歡聲咩叫的羊群，

但我更想與妳並排躺在草地上，

聽著彼此怦怦的心跳！

4

就讓我把妳的提籃輕輕放好，

把妳的披肩掛上柳梢，

在雛菊驚訝的目光中，我們輕嘆，
枕著青草相擁熱吻。

西元 1818 年 3 月

冷酷的妖女

1

　　哦，為何這樣痛苦，騎士？

　　孤單徬徨，面色蒼白？

　　湖中的蘆葦已經枯萎，

　　鳥兒也不再歌唱！

2

　　哦，為何這樣痛苦，騎士？

　　悲傷無助，憔悴沮喪？

　　松鼠的巢穴已經儲滿食糧，

　　莊稼也都進了穀倉。

3

　　我看見你的額角好似白百合，

　　病熱的汗水仿如顆顆露珠，

　　我看見你的面頰好似玫瑰，

　　正在迅速地枯萎。

4

　　我在草地上遇見了一位女子，

　　豔光四射好似天仙之女，

她長髮飄逸，她雙足輕盈，
她雙眸中閃著野性的光。

5

我為她編織花環，
還有手鐲和芳香的腰帶，
她望著我好像是真心愛著，
又柔聲地輕輕嘆息。

6

我帶她騎上駿馬逡巡遊走，
整天除了她什麼也不看，
她側身靠著我，吟唱著，
歌聲好似仙境曼妙。

7

她為我採來鮮美的根莖，
甜蜜的甘露和野蜂蜜，
她說著奇異的話語，聽來正像
「我是真的愛你」。

8

她帶著我來到她的洞穴，

一邊哭泣一邊連連哀嘆，

我輕輕闔上那狂野的、狂野的雙眸，

以輕輕的四個吻。

9

在她的洞穴裡我漸漸入睡，

然後我夢見 ── 哦！真是災難！

從未有也再不會有比那更糟的噩夢，

就在這冷冰冰的山邊。

10

我看見了國王，王子，無數騎士

個個臉色蒼白死寂，

他們叫喊著 ── 冷酷的妖女，

她也把你抓來了！

11

幽暗中我看見他們張大了嘴，

吼出了可怕的警告；

我一下驚醒，

發現自己就在這冷冰冰的山邊。

我因此而徘徊在這裡，
孤單徬徨，面色蒼白；
湖中的蘆葦已經枯萎，
鳥兒也不再歌唱！

西元 1819 年 4 月 28 日

三、抒情詩

四、敘事詩

伊莎貝拉

至美的伊莎貝拉，至純的伊莎貝拉！

洛倫佐，愛神青睞的年輕人！

他們二人雖居於同一屋宇下，

也仍然彼此思戀成疾。

他們同坐用餐，相互依偎在一起，

只有這樣，才覺得心裡踏實。

他們在同一屋宇下入眠，

做著彼此的夢，並為之流淚。

2

每個熹光初露的早晨，

他們醒時柔情至濃，

每個暮光四合的傍晚，

他們沉溺於蜜意痴情。

無論在哪裡，舍內，田間，還是花園，

他的眼裡只有她的倩影。

他充滿磁性的聲音在她的耳畔，

比枝葉蕭索、清泉瀝瀝更加動人，

她因戀人的名字而糾結了針線。

◇3

他知道誰的柔荑推開自己的門，

不須門扉開啟之後才觀望，

他透過她閨房的窗戶望見倩影，

比鷹的眼睛還要迅疾。

他不論晨昏地守望著她，

宛若持續不變的晚禱。

她的臉望向同一片天空，

他挺過長夜漫漫，期待著她，

直到她早起下樓的腳步聲。

◇4

五月是漫長的，

經歷了相思的煎熬。

六月，他們的容光黯淡乃至蒼白。

「明天 ——，我要向戀人傾我所有，

懇請得到她的歡顏。」

「呀，洛倫佐，你若不唱出愛情的歌謠，

我寧願在今夜死去。」

他們對著枕頭彼此埋怨，

在苦澀的時光中一天又一天煎熬。

5

伊莎貝拉吹彈可破的臉頰，
本來柔和如月光，
此時卻被折磨得一臉病容，
宛如一個病瘦的年輕母親，
想用搖籃和歌謠弱化愛子的病：
「她如此煩擾。」
他說：「我不該多言，
但我想坦誠相告我對她的愛意，
如果眉眼可以直達心靈，
我願飲下她苦澀的淚，
將她的煩擾洗滌一空。」

6

一日早晨他自言自語著對她的愛，
整日心都猛烈律動，
他暗暗向神明祈禱，
希望自己獲得表白的力量，
但是他奔湧的熱血堵塞了話語，
再次延遲了示愛之心，
然而思念之火在胸中燃燒得更加猛烈。
孩子般的膽怯又在心中蔓延，

戀愛像是男人般的成熟又像孩童般的天真，
混雜於一起。

如果伊莎貝拉的眼睛沒有看透，
他前額透露的每一種訊息，
他又會在長夜中失眠，
並被痛苦所噬咬。
經歷過長夜的寒涼，
他面容悲切神態僵硬。
她見他額頭灰暗，
頓時羞紅了臉，
「洛倫佐……」她想說但怯於表達，
但他已從她的臉上明白了一切。

8

「呵，伊莎貝拉，我只有五分的信念 ──
我想把自己講給妳聽，
如果妳曾相信什麼，
那麼請相信我對妳的愛，
我的魂魄已近乎煙消雲散，
但我不敢唐突地握妳的手，

也不敢專注地凝視妳而使妳受到冒犯，
但我也許會在今晚逝去，
若我不傾訴滿腔的愛，我會留下遺憾。

9

「吾愛，是妳引領我走出寒冷，
吾愛，是妳帶我奔向夏日，
我一定會親吻沐浴晨光的溫暖之花。」
他原本笨拙的嘴此時誦出有韻的詩章，
他們同沐在愛的聖光中，
歡愉如六月的鮮花。

10

分別的時候他們愛眼陶然，
彷彿被颶風摧折的並蒂蓮又合瓣，
而且更加親密地將馥郁的香氣相融，
內在的馨香也化為一體。
她在閨房裡吟出優美的詩行，
而他則站立在高峰上，
向落日揖別。

11

他們再度幽會，在夜色中。

還沒有拉開天空的幕布，

露出星光的面容。

他們每天都祕密地幽會，

在風信子和麝香的花叢中親吻，

他們遠離人跡，避開閒言碎語，

但願永遠如此，

以免讓好事之徒傳播他們的悲傷。

12

難道他們不曾歡快嗎？

只因有情人太多甜蜜和眼淚？

我們付出過太多嘆息，

對他們死後又給予過多憫愛，

我們看過太多悲情劇，

何不把故事內容用金色渲染，

就像希臘神話故事：

忒修斯（Theseus）之妻枉然隔海盼夫。

13

愛情是天賜之物，無須過多酬勞，
一劑甜蜜即可解苦澀的毒，
儘管黛朵安息於花叢，
伊莎貝拉在巨大的傷痛中並未頹廢，
儘管洛倫佐並未安享苜蓿花下的美夢，
然而真理永恆。
就連小生靈蜜蜂也向大自然求施予，
知有毒之花更加甜蜜。

14

這位美人和兩位哥哥，
守著祖先留下的龐大遺產；
在火炬熊熊燃燒的礦坑裡，
工人們揮汗如雨；
在喧鬧沸騰的工廠裡，
皮鞭抽打著工人的後背；
那些曾經在戰場上廝殺的士兵，
也無法避免皮鞭和枷鎖，
在血泊裡像一團爛泥。
多少人在激流中苦苦用力，
只為了給主人淘洗金沙。

◇15◇

錫蘭的潛水工人屏住呼吸，

赤身裸體地面對凶殘的鯊魚，

只為採取海底的蚌珠，

以至於耳膜穿孔出血。

他們為主人打獵，

海豹被殺死在冰層上，

渾身插滿箭鏃。

成千上萬的人活在困苦中，

備受煎熬。

他們從不知自己的悠閒時光，

他們開動機器，將人剝皮削骨。

◇16◇

他們因何而驕橫，

因為大理石噴泉中飛濺的水，

比貧困者的眼淚更加歡快？

他們因何而驕橫，

因為橘子架比赤貧者的門階，

更加易於攀折？

他們因何而驕橫，

因為紅格子的帳目本，

比古希臘的詩歌更加動人？

他們因何而驕橫，

我要大聲質問，在榮光之下，

他們究竟有何值得驕傲？

17

兩個佛羅倫斯商人自滿於，

驕奢者的浮誇，淫逸者的怯懦，

宛若省城中的兩個慳吝之徒，

視窮人如奸細來防備。

他們通曉西班牙文、塔什干文和馬來文，

像鷹隼一般盤旋在港口的桅杆上方，

他們是運送金銀和謊言的騾馬，

經常窺伺異鄉人的錢袋。

18

像這般算計的人們則能探查，

伊莎貝拉內心的私密？

他們也不明白洛倫佐的眼睛，

為何會分神。

從埃及傳播來的瘟疫啊，

充斥這些狡詐者的眼睛吧。

吝嗇鬼不會錯過一絲利，

但是 —— 他們如被驅逐的兔子，

正派的商人都為之左右詳查。

 19

才華卓著的薄伽丘啊，

我需要你大氣磅礴充滿激情的祝詞，

請賜給我飄香的番石榴花，

請賜給我月光的玫瑰，

請賜給我百合的清香，

然而這一切都變得蒼白，

因為你已不願聽我傾訴的琴聲。

請原諒我這拙劣的表達，

他無法表現出悲劇的哀與傷痛。

20

我的筆致拙劣，因而請求你的原諒，

讓我將這故事講得流暢。

我敬仰你偉大的妙筆，

願意傳播你偉大的思想。

我要向你致意，

北方的風中，也迴盪著你的歌。

從種種徵兆中，

兄弟倆看出了洛倫佐與妹妹之間的愛情，

這使他們異常憤怒，

一個普通的無名小卒，

怎可獲得高貴的胞妹的愛情，

他們籌劃著自己的安排，

希望妹妹接收來自豪門貴族的橄欖枝。

他們於暗室中密謀，

無數次咬牙切齒地抿緊嘴唇，

想出一個惡毒的招數，

他們要傷害洛倫佐的性命，

彷彿對聖靈下手，

他們準備將他在密林中殺死，

然後毀屍滅跡。

一個晴朗無雲的祥和早晨，

他依靠著園中的欄杆，

半個身子都沐浴在晨曦中，

他們穿過露水凝結的草地，

來到他的跟前說：

「洛倫佐啊，你正享受著美好詩意的世界，

我們本不願破壞你的興致，

可是如果你願意，

請騎上你的馬與我們同行，

趁著這寒涼的早晨。

24

今天我們要奔向郊區山上，

行程大約三英里；

快從馬兒上下來吧，

趁著晨陽沒有烤乾玫瑰上的露珠。」

洛倫佐像往日一般風度翩翩，

絲毫沒有意識到二人心如蛇蠍，

他準備馬具、馬刺以及獵裝。

25

當他進入庭院，

每走三步就停下來傾聽，

期望聽到那女孩早晨歡快的歌唱，

或者她行走時的低語，

正當他思慮徘徊的時候，
忽然聽到來自空中的笑聲，
他仰頭看，發現了戀人的笑容，
她從樓上的窗格里露出一張笑臉，
彷彿紫府的天仙。

26

洛倫佐說：「伊莎貝拉，我的愛人。
我內心想妳想得多麼苦，
生恐來不及向妳說早安。
就連這幾小時的分別，
我也悲傷不已，
假如我失去了妳，
那麼怎麼辦？
但是我相信，
我們終會從愛情的晦暗中出來，
踏上愛的光明之中。
再會吧。我的愛人，我很快就回來。」
「哦，再會，我的親愛的。」
她微笑著向他告別，
唱著歡快的歌。

27

兄弟二人，還有洛倫佐一起，

騎著馬出了佛羅倫斯城，

到阿諾（Arno）河畔，那河水衝擊著峽谷，

蘆葦在激流的搖盪下舞蹈，

鯽魚逆著水流搖擺著滑膩的身體，

兩兄弟涉水時臉色蒼白鐵青，

洛倫佐卻滿面光彩，泛著愛情的紅潤，

他們過河入林，那裡靜寂得可怕。

28

兄弟二人將洛倫佐刺死，然後埋在林中。

就在這裡，他結束了生命與愛情。

一個魂魄如何離開軀殼，

能在孤寂中不覺心痛，

就如同手沾鮮血的凶手，

在河水裡把殺人的劍洗淨，

他們騎馬回家，

因為急躁和慌亂，

馬刺也被踢得歪斜不堪，

每個人因殺人而變得富有，

這是罪惡的人間。

他們欺騙妹妹說：

「洛倫佐因為緊急商務事務而離去。」

這可憐的女孩以為哥哥說的是真話，

洛倫佐真的搭船去了國外。

這可憐的女孩彷彿披上了新寡的喪服，

今天見不到戀人，明日也見不到，

她滿是心痛，不知道永遠也不得見她的愛人。

她獨自面對這個世界，

為不復有的歡愉而流淚，

她從早晨就開始哀泣，直到夜色昏沉。

呀！痛苦來得太快，這便替代了火一般的愛情。

她獨自一人冥想著斯人，

彷彿在晦暗的光中看到他的身影，

她對死寂發出哀嘆，

向虛空舉起雙臂，

喃喃自語：「你在哪裡？在哪裡？」

31

但痛苦不能恆久占據她的心，

專一的愛情在她胸中點燃了黃金火焰，

她曾為期待美好的一刻而焦躁，

惶遽地度過難熬的日子，

但是最高貴的情思始終占據著她的心，

同時充盈著豐富的欲念，

這是一種巨大的悲劇，

無法抑制的火山般的真情，

她為戀人的遠去而心痛。

32

在仲秋的寒氣裡，

每到黃昏時分都從遠方

席捲來冬日的氣息。

它剝離了天空金黃的色彩，

奏鳴著死亡的樂曲。

灌木叢中披散著簇簇落葉，

喬木向天空伸展枯死的枝幹，

它使一切草木凋零，

才敢離開那北方荒涼的岩穴，

這般，伊莎貝拉的美貌漸漸枯萎。

33

洛倫佐為何還不曾歸來，

她一遍又一遍地向哥哥詢問，

究竟是什麼破地方，

拘押著她的戀人，

他們一再撒謊，

就像散去的霧靄又籠住了山谷，

在每一個晚上，他們都被噩夢驚擾，

他們似乎看到妹妹裹在白色屍布之下。

34

也許她到死都不知曉，

然而總有最神祕的東西，

撞擊著人類的心靈，

彷彿彌留的病人遭到猛烈的一擊，

彷彿長矛刺穿心臟，

彷彿烈火撕咬腦骨。

35

在茫茫然的大夢中，

在幽暗昏昧的午夜，

洛倫佐飄蕩在她的床前，

林中的墓穴閃爍光焰，
他的嘴唇冰冷蒼白，
他的嗓音嘶啞黯淡，
他的臉頰被割裂出一道河流，
流淌著淚水。

36

那幽靈發出悲傷的聲音，
那靈活的舌頭再也發不出慣有音調，
伊莎貝拉側耳傾聽，
彷彿是年邁的修士彈奏斷弦的豎琴，
旋律無力且荒腔走板，
從那枯乾的口腔裡，
飄蕩著幽靈哀傷的喑啞，
彷彿夜風吹過冷寂的山林。

37

幽靈的眼裡充滿傷痛，
然而仍然閃爍愛情的光焰，
這明光驅逐了恐怖的陰影，
使這可憐的少女略略平靜，
從而聆聽那獰厲的一瞬，

他的戀人怎樣被謀殺，
被掩埋在松林的濃蔭裡，
在水草搖盪的低窪處，
他被殘忍地刺死。

38

「伊莎貝拉，吾之所愛！
紅色的越橘果懸掛在我的頭頂，
巨大的青磨石壓在我的腳邊，
我的周圍覆蔭山毛櫸、栗樹……
還有各種高大的樹木，
他們的葉子和果實飄落我的身旁。
對岸的羊群曾從我的墓頂踏過，
風曾吹進我的墓穴。
請向我墳頭的野菊花灑一滴清淚，
我的魂魄便得以平靜。

39

「唉，我如今魂魄無依，
獨自漂流在軀體之外。
聽著讚美主的歌，
生命的回音在周圍往復，

光陰的蜜蜂循著光飛向田野，
教堂的鐘聲在報告時間。
所有這些都使我感到，
這世界熟悉而陌生，
從此夢魂相隔，
妳在遙遠的人世，
我在冰冷的幽冥。

40

「過去我對人世的一切都有感覺，
如若我不是魂魄，我必然發瘋，
我雖然不能感知人的溫暖，
但那舊時的感覺溫存著冰冷的大地，
好像我以光明蒼穹中的天使為妻，
妳的蒼白也使我快樂，
我漸漸愛上妳現在的模樣，
更加尊榮的愛，縈繞著我這飄蕩之魂。」

41

幽靈傷感地離去，並且道別。
空氣中似乎還有裊裊的餘音。
如跟我們未眠於午夜，

想起人生的疾苦和風雨，
我們把眼睛和淚水埋入枕頭和被褥
發現幽暗中的東西翻湧，滾動，
糾痛了沉重的眼瞼。
伊莎貝拉感到眼皮發痛，
天光方亮就從床上坐起，
睜大了她美麗動人的眸子。

42

伊莎貝拉大笑並大哭起來，
「誰人了解這殘酷人生？
本以為世界上最殘酷的無非是災難，
要麼活在快樂中要麼掙扎，
若不能痛苦地活著不如現在死去，
未曾想到罪惡在哥哥的刀鋒上蔓延，
親愛的幽靈啊，是你讓我真正活著。
我將要去看你，親吻你的眼睛。
並在每個晨昏，向你問好。」

43

天亮的時候她已有了堅定的信念，
她將祕密入林，只帶信賴的老僕一人。

她要親吻那珍貴的泥土，

她要唱出最美的歌，

她要證明夢境的真實，

她要祭拜陰森而鮮活的樹林，

儘管那樹林像一副棺木。

◇44

她和老僕沿河流前行，

不斷地與這年邁的乳母低語，

她四顧林木，手持短刃，

「是什麼樣的火焰灼燒著妳的心，

我親愛的孩子？

究竟是什麼樣的美好事物，使妳發笑？」

她們找到了洛倫佐的墓地，

那兒有磨石，也有低垂的越橘樹。

◇45

誰人不曾在青春的墳場徘徊，

讓自己的靈魂如同一隻鼴鼠，

穿透黏土、沙石、寒泉，

直接去窺視棺木中的骸骨，裹屍布，和一節一節白骨，

誰不曾為死亡所扭曲的形體而悲憫，

誰不願看到人恢復心靈灌滿的肉體，

呀，這感覺還不夠慘痛，

絕比不上此刻跪倒在洛倫佐墓前的伊莎貝拉。

她望著腳下腐葉遮蔽的大地，

一眼看透了它的隱祕，

彷彿透過枯井看到底部的肢體，

她的心靈短暫地困在這謀殺之地，

彷彿百合花在幽谷，

她拔出短刀開始掘土，

好像守財奴掘地下的金銀。

她掘出了一隻手套，

那上面有她曾經刺繡上的紫色的夢，

她親吻它，嘴唇彷彿貼上岩石，

她將它塞進胸前的衣服夾層，

在這裡凝結了一切，

包括她的嬰兒般的哭聲和幻想。

她略一停歇又開始挖掘，

以至於秀髮滑落遮住面頰，

她將覆面長髮拋諸腦後，繼續用短刀挖掘。

48

老僕站在一旁看著小姐的舉動，
泥土陰冷潮溼，令她的心充滿哀憫。
她跪倒在地，白髮顫抖著，
用枯瘦的手指和伊莎貝拉一起挖掘，
三個小時之後，她們終於挖到墓穴，
伊莎貝拉既不痛哭，也不捶胸頓足。
她好像凝固在那裡。

49

呀！這描述太陰冷驚怖，
這枝筆為何沉溺於對哀傷的刻劃，
它遠不及遠古傳說流暢動人，
行吟如歌，哀而不傷。
好吧，我親愛的讀者們，
你們盡可尋找故事的原本，
音樂貫穿整個黯然的風景。

50

她的短刀不如柏修斯（Perseus）的利劍
割下洛倫佐的頭也不是妖魔的首級，
他儘管已死，卻像生者一般動人。

遠古的歌謠曾經傳唱：
愛情永遠不朽，主宰我們的心靈。
他也許是死了，然而愛情並不褪色，
她親吻他，這亡者的殘軀。

51

她祕密地將他的頭顱帶回家，
用純金的梳子梳理他散亂的頭髮，
她甚至梳理他陰冷眼睛空洞中的睫毛，
她的眼淚落在他冰冷的臉上，
洗淨了他臉上的汙泥，
她一面清洗，一面哀嘆，
淚水伴隨著哭泣，她一再地吻他。

52

她找到一塊散發阿拉伯香水的方巾，
用它小心地將洛倫佐的頭顱包好，
然後找到一個花盆，
將它埋了進去。
然後在上面種了幾株紫蘇花，
用自己的眼淚來澆灌。

53

至此，她忽略了日月的光輝，

星河的燦爛，乃至晨昏之晦明。

至此，她忽略了枝椏上的天空，

流水的峽谷，秋風凜冽的季節。

她不知道白晝在何時消失，

晨曦在何時顯現。

她長時間凝視著紫蘇花，心中泛動著甜蜜，

將一滴滴淚水傾注。

54

她清澈的淚水滋潤著花枝，

盆裡的花兒枝葉青翠欲滴，

它勝過佛羅倫斯城的每一盆紫蘇花，

無論是花朵的馥郁，還是枝幹的茂密。

它汲取養分和生命，靈魂，

在那土壤下面腐爛的頭顱裡。

伊莎貝拉的珍寶，密封在這花朵的根裡，

它開出花來，又將花瓣伸向天空。

憂鬱，請在這裡停歇；

音樂，請透出一些空間來呼喚。

還有渺茫的回音，也請從忘川來吧，

儘管嘆息。

悲傷的靈魂啊，抬起你的頭顱，

在這柏樹的幽冥光線中閃出一絲光輝，

給你的石碑上裝點一絲銀輝。

在這裡悲呼吧，哀辭。

請唱出悲劇之神的歌聲，

從青銅豎琴上跳盪出旋律，

從琴弦上燃燒神祕之樂，

對著風悲傷低回，

因為至純至美的伊莎貝拉，

亦將容顏盡失，生命枯萎。

紅了的櫻桃綠了的芭蕉，

終將成為枯枝敗葉，

在嚴冬降臨前，一切都將消殞。

但是她那崇拜金錢的哥哥，
卻從她呆滯的眼睛中看出了異樣，
親友們也都甚覺奇怪，
為何這將要嫁給貴族為新娘的少女
面容慘淡，青春蕩然。

58

她的哥哥十分詫異她的情態，
因為她對紫蘇花著了魔一般，
她對著花盆哭，對著花盆笑，
對著花盆喃喃自語，
他們不相信一盆花有如此巨大的力量，
他們準備探個究竟，
看是什麼攫取了她的青春和記憶。

59

他們窺伺良久，然而不得其所以然，
這是一個費解的謎。
她從不上教堂做禮拜，
也好像不為飢餓和口渴而傷神。
她每次離開房間都只是一剎那
彷彿孵卵的雌鳥，匆匆離去，

又匆匆而來。
她對那盆花充滿耐心，又傷心不已，
秀髮蓬亂，淚珠滾滾。

60

她的哥哥們終究還是偷走了紫蘇花盆，
並帶到僻靜處細細探究，
他們看到一張青綠透著灰白的臉皮，
那正是洛倫佐，不容置疑。
他們頓時驚怖而面色如土，冷汗如漿，
他們遭受了巨大的心靈捶楚，
受到了罪犯該有的天譴，
他們離開佛羅倫斯，
流落他鄉，從此再也不能回來，
他們頭上帶著罪人的標記，
從異鄉流落到異鄉。

61

憂鬱，請在這裡停歇；
音樂，請透出一些空間來呼喚。
還有渺茫的回音，也請從忘川來吧，
在這裡悲傷嘆息。
憂鬱的精靈啊，請暫時停歇哀歌，

因為伊莎貝拉將逝去。

她死時猶不能釋懷，因為有人盜竊了她的紫蘇。

62

悲慘的她望著沒有情感的木石，

一再追問那失去的紫蘇，

每次看到四處傳教的教士，

她就追上去打招呼，

她的笑聲中充滿淒苦，總是問：

「是誰藏起了我的紫蘇？」

63

日復一日，她日漸憔悴，

在孤獨與寂寞中死去。

即便是到臨終之時，

她猶一遍又一遍地問紫蘇去了哪裡。

佛羅倫斯沒有一個人不為她悲憫，

不對她的哀傷報以同情。

歌者將她的故事不斷傳唱，

曲子在全城不斷被演繹，

歌聲的最後依舊是：

「誰偷走了我的紫蘇！」

西元 1818 年 2 月

聖雅妮節前夜

聖雅妮（St. Agnes）節前夜 —— 寒風料峭！

貓頭鷹雖披著厚厚羽毛，

也不禁在寒夜淒涼號叫。

兔子顫慄著奔跑，

遍地是結滿冰霜的野草。

綿羊在木柵欄後瑟縮，悲哀無告。

誦經者手握念珠，囁嚅祈禱，

從嘴裡呼出的氣息凝成白霧，

宛若銅爐中燃放的煙，

向天堂飄逝，音息渺渺，

在聖母的畫像前飄忽，縈繞。

2

虔敬的修士做完禱告，

拿起燭臺，起來行走，

赤著那雙充滿寒意的腳。

他臉色蒼白，清瘦而不蒼老，

他遲緩地穿過教堂座椅間的走道。

兩側，逝者的雕塑好像凍結，

在玄色的，淨獄界的藩籬中；

無論是騎士，還是淑女，

都默然無聲地跪倒。

他只管走去，心中全無他們的煩擾，

負戰甲和貂裘者，內心與身體皆煎熬。

3

他走向一道朝北的通道，

傳來響遏行雲的樂聲，

這年邁的修士頓時流出眼淚，

哦，死亡之鐘已為他敲響，

他此生已無歡樂可言，

在聖雅妮節，他只有懺悔。

他改換一條路，一會兒，

他依然坐在灰燼上，

請求靈魂的寬恕，

為這世間的作惡者，

整宿哀傷不已。

年邁的修士聽到哀婉的奏鳴，

源自眾人的喧譁驚擾，

使樂曲闖進了門扉。

然而只一會兒，

高亢的鳴號聲就開始激盪寰宇，

每一座房間都燈火透亮，

期待著熱情而禮貌的客人。

屋簷下雕刻著飛翔的天使，

他們睜大眼睛，

朝向蒼穹熱切地凝視，

柔髮飄搖在腦後，

翅膀環護交疊於胸前。

5

盛大的聚會開始了，

到處閃耀著流光的羽服，輝煌的冠冕，

以及珠光寶氣之下的身軀，

燦若明霞，彷彿思緒激盪的少年人。

各種傳奇與風流韻事集中於此，

然而且休言此等瑣語，

讓我講述一個少女的傳奇。

在一整個冬天，
她的心都在不斷渴望愛情，
渴望聖雅妮 —— 聖徒的照拂，
因為她的老嬤嬤已無數次講過，
那古老的故事。

6

老嬤嬤說，聖雅妮節前夜，
少女們能在夢裡看見戀人的影子，
只要舉行正確的儀式，
浪漫的午夜就能聽到情郎的傾訴。
當晚不須吃晚餐就上床入眠，
舒展美麗的身體，仰臥著向天空，
不須左右顧盼，只能面對蒼穹，
向天使默默祈禱，許願。

7

瑪德琳（Madeline）大腦裡充滿了幻想，
絲弦華韻聲音雖高，
但她卻彷彿聽不見這美妙之聲。
淑女們成群地經過她，
她虔誠的眼睛卻視若無睹，

暗戀的少年向她走來，

又黯然地離開。

呵，這並非她驕傲，

而是她的心已不在今夜的聚會，

為了聖雅妮節前夜的夢，

她已神遊塵俗之外。

8

她心不在焉地和舞伴跳舞，

口乾舌燥，心跳加速？

那莊嚴的一刻快要到了，

她聽不到管弦的奏鳴，

也不曾隨眾人向前擁。

她不曾和舞伴低語，

也沒有和閨蜜說笑，

在此刻，愛恨、禮俗以及一切世間事，

都和她無關。

除了對聖雅妮和她那柔順羔羊的期待，

還有午夜的歡愉在眼前閃過。

她耽擱於這華麗盛大的舞會，

每一刻都懷著離開的念想，

但是此際，

穿越荒涼之原而來的少年 —— 波費羅（Porphyro）

正滿懷一腔柔情，

　　—— 期待著瑪德琳。

他站在門的外面，

躲在月光的陰影裡，

暗暗地向聖徒祈禱，

請求與瑪德琳相見。

哪怕是等候數小時，

只是為了一剎凝望，

他也甘願。

如果能夠和她相談，接觸，

他期待那一刻的親吻，與下跪膜拜。

他趨身走過，小心地藏好。

聖雅妮節舉行祭祀時，使用羔羊。

此刻，他可不能被人發現，

否則利劍必會刺穿他的心，

你愛情的城堡。

對他而言，這裡皆是野蠻人，

他們像鬣狗一樣殘忍，暴君一樣凶狠，

連守門犬也會狂吠出詛咒。

在龐然大物般的勛爵府邸，

只有一位老嬤嬤對他報以善意。

11

無巧不成書！老嬤嬤果然來了，

她拄著象牙手柄的拐杖，

顫巍巍地走了過來；

波費羅藏身的地方，燭光照不到，

遠離歡笑和嬉鬧。

老嬤嬤看到柱子後面的他，

大吃一驚，但很快便認了出來。

她握著他的手驚嘆道：

「快逃走吧，波費羅，

他們全在這裡，看見一定會殺了你。」

12

老嬤嬤說：「快走，快離開這裡。

希爾德布蘭德最近發了高燒，

但他在病中仍然詛咒你和你的家族，

乃至於連你的家園也不放過。

墨利斯勛爵雖然滿頭華髮，

但是對你絕不懷善意。

快跑吧！離開這裡，消失在他們的視線之外。」

波費羅說：「不，妳別怕，嬤嬤。

這裡並不危險，妳先坐下聽我說。」

老嬤嬤說：「哦，不，這裡不行。

快跟我來。否則恐怕災禍要降臨。」

13

他亦步亦趨，跟老嬤嬤穿過昏暗的走廊，

帽子上的飾帶劃過蛛網，

進入一間小屋，那小屋籠罩著月光，

月色映入窗櫺，哀涼，蒼冷，

彷彿一座陰沉的墳墓。

老嬤嬤這才把一顆懸著的心放下。

波費羅說：「現在告訴我吧，

在哪裡可以與瑪德琳相會。

以神聖織布機為誓，

（修女為聖徒聖雅妮在織布機上織衣）

請告訴我。」

14

「呵，聖雅妮！歡慶的聖雅妮節前夜，

可是在這聖節人們依舊相互屠戮，

除非你能使水不漏篩，

將惡魔禁錮，

否則，你何以駐足此處？

你使我心驚膽顫，

居然在今夜與你相見。

瑪德琳，我的小姐要祭祀神，

懇請天使相助，使她得以如願。

我要笑，因為傷心總會有時間。」

祭祀聖雅妮須用羔羊，

取羊毛紡織為布，剪裁為服。

此處，波費羅以「神聖的紡織機」起誓。

15

她黯淡的笑容在月光裡閃爍；

波費羅望著老嬤嬤的面孔，

宛若老嬤嬤坐在壁爐旁，

戴著老花眼鏡，頑童凝神注視，

等待她講解遠古的奇書。

但一等她將小姐的心意陳述，

他的眼裡立刻閃爍光華，
然而又流下激動的熱淚，
念及在此寒夜，
瑪德琳也按照遠古的法則入眠。

 16

一個念頭像閃電劃過他的腦海，
彷彿玫瑰花在他的臉龐盛開，
又在他的心頭掀起波浪，
他將自己的想法說了出來，
頓時驚得老嬤嬤面如土色，
惶遽地說道：「這實在太荒唐，可怕，
我的好小姐只管和天使相擁，
只管做她的夢，
你這浪蕩子切莫去打攪她。
快快離開這裡，
你再也不是從前那個乖小孩。」

17

波費羅說：「悲憫的天父在上，
我絕不會打擾她，
若我不曾遵守諾言，

哪怕是動了她的一絲秀髮，

抑或凝望她時無禮，

就讓我臨死時，無法對上帝禱告。

親愛的老嬤嬤，我以眼淚起誓，

請相信我誠摯的心，

否則我就大聲喧譁，

喚出我的敵人們，

即便他們比豺狼還凶暴。」

18

「你何必使我這老嫗陷入驚懼，

我已風燭殘年，距大限不遠。

午夜未到，或許鎖魂的使者便已到來。

但為了你，我每個白晝與黑夜都祈禱。」

波費羅聽到此言，立刻軟化了態度。

他傷心難過，心神猶如狂風席捲大樹，

老嬤嬤安潔拉答應他：不論水火，都為之盡力。

19

安潔拉要將他引進小姐的閨房，

幫他藏匿在壁櫥裡，

他可以從帷幕後面一瞥心上人，

如果天使們在此夜舞蹈，
讓瑪德琳的眼睛眩惑，
他們也許就能結成連理。
呀！自從梅林將宿債與魔鬼還清，
還未見今夜成就有情人。

20

安潔拉說：「一切悉聽你的安排，
我要去置放糖果和糕點，
她的豎琴就放在繡架邊上，
你會看到那珍貴的樂器。
我立刻就要去了，
你看我衰老不堪，行動遲緩，
這一切安排可不能有絲毫馬虎，
你且安心地等待吧。我親愛的孩子。
上帝保佑，你一定能和小姐結縭，
否則讓我死後魂無所依。」

21

安潔拉一邊說，一邊懷著惶恐離去。
等待戀人的時光美好而漫長，
老嬤嬤過了很久才回來，

低聲對波費羅說：「跟我來吧，我的孩子。」
她的眼神閃過一絲恐懼，
彷彿在躲避暗處窺伺的眼睛。
他們穿過幽暗的夾道，
進入少女散發著幽香的閨房，
在帷幕遮蔽的壁櫥中藏好。
波費羅又喜悅又害怕，
安潔拉也懷著不安退去。

22

安潔拉小心翼翼地扶著欄杆，
在黑暗中一步一停地摸索著下樓，
彷彿被神所牽引的瑪德琳手持銀燭臺，
剛好走了上來，
她將這老邁的夫人攙扶下樓，
然後蹦跳著回到自己的閨房。
幸福的波費羅，
屬於你的偉大時刻來臨了，
看你的心上人，像白鴿一樣飛躍。

23

她輕快地跳躍，走動，
以至於手中的燭臺被風吹熄，
青色的煙氣消融在銀色月光中，
她閉上房門，心像湧動的大海，
她已如此接近神靈與幻境。
此時千萬別出聲，
否則就會有災禍降臨。
但她的心裡滿是傾訴，
一腔柔情彷彿魚刺卡在喉嚨，
宛若一隻啞巴夜鶯，
無法唱出婉轉的歌聲，
鬱結而死在幽谷。

24

三層精美的弧形窗櫺軒敞明亮，
窗戶上雕鏤著繁複的花紋，
果實飽滿，枝葉葳蕤，與蘆葉纏繞在一起，
窗格上鑲嵌著彩色的玻璃，
流光溢彩的水晶裝飾窗脊，
彷彿斑斕的虎蛾翅膀，

在幽暗如陣雲般的紋理中，

在天國使者的庇護下，立著一面盾牌，

浸潤帝王后妃的血跡。

蒼涼的月色投射在這窗上，

也流瀉在瑪德琳的玉胸上，

輝映出柔媚的線條，

她雙手抱在胸前向神靈祈禱，

彷彿玫瑰的花瓣墜落手中。

她胸前的銀十字幻化成紫色的水晶，

她的秀髮上流溢著光暈，

彷彿聖徒的光環，

又像是飛昇的天使之光，

波費羅看得心醉神迷，

她跪在那裡，彷彿就是全世界。

26

他的心猛烈地跳動，彷彿要炸裂胸膛。

瑪德琳慢慢拔下束髮的玉簪，

又將華貴的寶石摘下，

她的一頭秀髮頓時傾洩下來。

她又解開散發著香氣的胸衣，
絲質長裙慢慢地從她的玉體滑落，
墜於膝前。
此時的她半裸著，
彷彿被海藻所擁抱的美人魚。
她低首沉思片刻，
睜開被夢境裏挾的眼睛，
彷彿聖雅妮安居她的床上，
但她不敢回頭，生怕幻境逝去。

27

片刻後，她已陷入睡眠的朦朧，
在滲透寒意的被窩裡微微地顫抖，
她的睡意像罌粟般沉醉，
使四肢百骸都舒泰無比，
靈魂脫離肉體化作一縷神光，
飛翔在澄澈的碧宇，
她脫離了苦樂，
甚至忘卻了陽光和雨露，
宛若盛開的玫瑰花瓣，收束自如。

偷入天堂，真是令人狂喜。

波費羅望著瑪德琳褪下的衣裙，

又傾聽她平穩的呼吸，

她是否在睡神的溫柔鄉裡甦醒了呢。

啊，偉大的神靈！

她依舊在香甜的夢中。

他小心地步出壁櫥，

彷彿行走在暗夜裡的荒野之中，

他躡手躡腳地踏過地毯，

輕輕地踮起腳尖走到床前，

掀開床上的帷帳一角，

看到了她熟睡的嬌媚的臉。

他半跪在窗前，

朦朧的月光投下銀灰色的影子，

此刻，他在他愛人的床前。

放置案桌、鋪上絲線提花刺繡的桌布，

桌面上彷彿滾動著朱紅、赤金、明黃、墨綠的霞光；

遠在天際，傳來午夜宴會的喧鬧，

觥籌交錯的聲音，笙簫吹斷的嫵媚，

以及忽近忽遠的笑聲，

職掌夢的神靈啊，

希望你守護的神力將這一切隔開，

儘管這些聲音縹緲悠忽。

他小心地關上門，一切復歸寂靜無聲。

30

她安眠在溫軟的被褥中，

露出的肩膀和手臂潔白勝雪，

夢境鎖住了她藍色的眼睫，

波費羅從壁櫥裡搬出事先準備好的一切，

蜜餞、青梅、蘋果、木瓜，果醬、奶酪

以及透明如水晶的果露，

飄溢香甜之味的各種花式糕點，

以及從摩洛哥運來的蜜棗、水果，琳瑯滿目，

還有從撒馬爾罕，以及從東方運來的珍饈佳餚。

31

精美的水果盛在水晶盤裡，

散發香氣的糕點則裝在黃金盤中，

還有那些說不出名目的珍品，

通通盛裝在銀絲編織的籃子裡。

它們如此美好，閃爍著人世的珍貴，

香味充盈整個空間，也滲入幽暗的夜色中。

「吾之所愛，現在妳可以醒來！」波費羅在窗前低語。

「妳是我的天國，我是妳的隱者，

快睜開眼睛吧，吾愛。

否則，千金良宵就要虛度。

吾愛，快醒來吧。

否則，我會心痛地在妳的身邊逝去。」

波費羅低語著情話，

他溫柔的手肘支在她的枕邊，

一層層黑色的帷幔遮蔽著她的夢，

彷彿午夜的咒語，

使她在重重冰川之中沉睡。

水晶盤反射著如銀的月色，

使氈毯邊上的繡金線也流溢光彩。

她的雙眼彷彿被夢寐所冰封，

他永遠也無法使她醒來，

就這樣，他也陷入幻夢裡。

33

> 須臾,波費羅醒了過來,
> 拿起她的豎琴,
> 彈奏一首沉鬱哀傷的歌。
> 那樂聲動人心魂,
> 被普羅旺斯人稱作「妖女」,
> 音樂的旋律在她耳際變幻,
> 她在夢中發出一聲嘆息。
> 他趕緊停住手,看向她的面孔,
> 她彷彿受驚般突然睜大了眼睛,
> 波費羅趕緊跪在床前,
> 面色像雕像一般蒼白。

34

> 她睜大眼睛望著眼前的一切,
> 然而夢中的幻境並未消逝,
> 但是她卻心痛不已,
> 因為夢中的歡愉似乎蕩然無存,
> 她頓時淚水漣漣,發出一聲嬌弱的嘆息。
> 她用淚眼凝望著波費羅,
> 他也滿眼憐惜地望著她,
> 卻默然不動,也不敢作一語。

「波費羅啊！我剛才聽到你的聲音甜蜜柔美，

你的誓言還在耳際縈繞，

你飽含情意的目光溫暖動人，

為何現在卻冰冷、蒼白且陌生。

我的波費羅啊，

請把你溫暖的眼神、痴情的話語賜予我，

我的愛，請千萬不要離開我。

如果你逝去，我唯有一生飄蕩。」

36

聽到瑪德琳充滿愛意的表白，

他立刻站了起來，

彷彿不是一個塵俗間的人，

而是從雲霓中飛起，

是天際一顆紫紅色的大星。

他融入了她的夢，

就像玫瑰的香味與紫羅蘭之香交織一處。

但是此刻，冷風陣陣，

震懾人的冰雪擊打著門戶，

彷彿向這對戀人發出預兆：

聖節的月亮已經西沉。

天地沉入晦暗之中，

寒風夾雜著冰雪飛舞，

冰冷之氣充塞於室內。

波費羅說：「這不是夢啊，吾之所愛。」

冰雪急驟地襲擊著屋宇，

瑪德琳哀嘆道：「這不是夢呀，我為何如此悲傷，

你竟然讓我一人置身於此。此刻才來。

你，是誰引你到此？

但我也不怨恨，

因為我的心已經與你相融，

即使被你拋棄，

像病鴿一般在天地間振翅。」

啊，吾之所愛，妳真是做了一個美夢。

我將永受妳的福蔭。

我能否做保護妳的盾，在盾的中心圖繪紫紅。

我願安息在妳銀色的殿堂，

我從遠方來，飢餓，寒冷，

但是此刻我遇見了神蹟。

我的愛人啊，我雖尋到妳的香閨，

但我並不為偷竊任何物品，

我只要妳的玉體和透明的心，

只要你允許我全身心地愛妳。

39

聽啊，這是天使送來的風暴，

他雖然驚怖，然而卻是對愛情的祝福。

快起身吧，一會兒天就亮了。

那些醉酒的人絕不會阻攔我們，

快跟我走吧，美麗的女孩。

此時，絕不會有人發覺，

因為所有人都被美酒纏繞，

沉入了黑甜的夢鄉。

快起身吧，我親愛的女孩，

不要膽怯，不要退縮，

為妳，我已在南方營造好家園。」

40

她緊跟著他，心中喜悅而惶遽

那些狂妄而凶暴的人就在周遭，

也許正手持鋼矛在黑暗中窺伺。

他們兩個摸索著黑暗的樓梯，

小心地穿過走道，整個府邸寂然無聲，

只有懸掛在每個門前的燈盞在閃耀，

牆上畫著人和獸的帷幔在風中招展，

人物、馬匹、飛鷹、猛犬都在風中奔逐，

狂風席捲而過，連鋪在地上的氈子也捲起一角。

 41

二人像幽靈般走到中庭，

又躬身躡手躡腳地走到大門前，

看門人早已蜷曲著沉睡，

身邊躺著喝光的空酒瓶，

醒來的狗抖擻著毛站立，

然而發現是自己熟悉的主人，

又無精打采地趴下了。

他們輕鬆地打開門閂，

將鐵鎖卸下放置於石臺，

萬物俱靜，默然無聲。

隨著鑰匙轉動，黑而沉重的鐵門開啟。

他們就此逃出了幽深冰冷的勛爵府邸，

啊，那偉大的遠古時代，

這一對有情人逃到了風雪之中。

那一晚，爵士夢見不幸降臨，

他凶猛而強大的賓客也都被怪夢所侵擾，

妖魔蜂擁而出，鬼怪玄乎不定，

墓穴中爬出成堆的蛆蟲。

安潔拉老嬤嬤在此時死去，

而那誦經的老修士，已經將經文唸過千遍，

黯然地坐在冰冷的灰燼中。

西元 1819 年 1-2 月

電子書購買

爽讀 APP

國家圖書館出版品預行編目資料

我是一朵孤獨的流雲：「美即是真，真即
是美」，十九世紀浪漫主義詩人濟慈精選
集 / [英] 濟慈 (John Keats) 著，夏天 譯.
-- 第一版 . -- 臺北市：崧燁文化事業有限公
司 , 2023.09
面；　公分
POD 版
譯自：The poetry of John Keats
ISBN 978-626-357-603-2(平裝)
873.51　　112013491

我是一朵孤獨的流雲：「美即是真，真即是美」，十九世紀浪漫主義詩人濟慈精選集

臉書

作　　　者：[英] 濟慈 （John Keats）

翻　　　譯：夏天

發 行 人：黃振庭

出 版 者：崧燁文化事業有限公司

發 行 者：崧燁文化事業有限公司

E - m a i l：sonbookservice@gmail.com

粉 絲 頁：https://www.facebook.com/sonbookss/

網　　　址：https://sonbook.net/

地　　　址：台北市中正區重慶南路一段六十一號八樓 815 室

Rm. 815, 8F., No.61, Sec. 1, Chongqing S. Rd., Zhongzheng Dist., Taipei City
100, Taiwan

電　　　話：(02)2370-3310　　　傳　　　真：(02) 2388-1990

印　　　刷：京峯數位服務有限公司

律師顧問：廣華律師事務所 張珮琦律師

-版權聲明-

定　　　價：220 元

發行日期：2023 年 09 月第一版

◎本書以 POD 印製

Design Assets from Freepik.com